1

CAMODD ERIN DRWY DDRYSAU gwesty'r Seabank ac allan i'r stryd. Edrychodd i'r dde ac i'r chwith ond doedd dim golwg o dacsi yn unman. Felly, dechreuodd gerdded adref. Roedd golau llachar y lampau stryd yn goleuo'r corneli tywyll am ran gyntaf ei thaith, a sgwrs a chwerthin cerddwyr eraill yn rhoi rhywfaint o gysur a diogelwch. Trodd i stryd dawelach, stryd heb brin ddim golau, a llwyni'n taflu eu cysgodion ar y palmant. Cysurodd ei hun nad oedd ei thŷ yn bell ond wrth iddi gyflymu ei chamau baglodd, a syrthio ar ei hyd.

'Damo!'

Cododd yn drwsgl a cherdded ymlaen yn sigledig. Anadlodd yn llafurus ac yna, yn sydyn, uwchben brathiad ei hanadl, clywodd sŵn arall, sŵn sodlau'n clecian ar y pafin. Syllodd Erin yn ôl, ac er na welai unrhyw un doedd dim amheuaeth fod y clecian yn agosáu. Dechreuodd redeg, gan dynnu ei chot ysgafn yn dynnach amdani a bu bron iddi syrthio eto.

Callia, er mwyn Duw! meddyliodd. Ti'n ymddwyn fel merch ysgol.

Gorfododd ei hun i arafu ac edrych yn ôl unwaith eto. Tap, tap, tap. *Roedd* y sŵn yn agosáu.

Yna, gydag ochenaid o ryddhad gwelodd bâr canol oed yn agor gât ffrynt i un o dai'r stryd, y wraig yn arwain y gŵr ac yntau'n taro'r stepiau â'i ffon wen. Diflannodd y ddau i'r tŷ a throdd Erin am ei chartref, gan deimlo rhywfaint yn esmwythach.

Wrth iddi droi, daeth wyneb yn wyneb â dyn yn sefyll ar ei thraws, ar ganol y pafin. Gwisgai got ddu a balaclafa, gyda thyllau main i'r llygaid a'r geg. Gafaelodd ynddi a'i thynnu i'r llwyni wrth ymyl y llwybr. Ceisiodd ymladd yn ôl, ond roedd y dyn yn gyhyrog, yn gryf, er ei fod yn denau, ac fe'i llusgodd i'r tywyllwch. Roedd ar fin gweiddi pan drawyd hi gan ergyd nerthol cyn i'r dyn wthio cadach i'w cheg.

'Sdim pwynt i ti weiddi. Sneb yn dy glywed di. Gei di slap arall. Deall? Os gwnei di ufuddhau, gei di fynd adre. 'Na beth mae merch fach neis fel ti i fod i'w wneud. Ufuddhau.'

Fe'i taflwyd fel doli glwt i'r pridd o dan y llwyni. Pwysodd y dyn drosti a rhwygo ei blows a'i sgert.

'Hwren! Eistedd wrth y bar mewn sgert fer, cwato dim, yn gofyn amdani, fel y lleill i gyd. Fe wnei di fwynhau, fel mae'r lleill wedi mwynhau. Yr un peth sy'n plesio pob bitsh.'

Daeth wyneb y dyn yn agosach a bu Erin bron â mygu wrth iddo wasgu ei holl bwysau arni.

Y Gosb

GERAINT EVANS

CYNGOR LLYFRAU CYMRU

ISBN: 978 1 78461 247 4
Argraffiad cyntaf: 2016

© Geraint Evans a'r Lolfa, 2016

Mae Geraint Evans wedi datgan ei hawl dan
Ddeddf Hawlfraint, Dyluniadau a Phatentau 1988
i gael ei gydnabod fel awdur y llyfr hwn.

Mae'r prosiect Stori Sydyn/Quick Reads yng Nghymru
yn cael ei gydlynu gan Gyngor Llyfrau Cymru
a'i gefnogi gan Lywodraeth Cymru.

Argraffwyd a chyhoeddwyd gan
Y Lolfa, Talybont, Ceredigion SY24 5HE
gwefan www.ylolfa.com
e-bost ylolfa@ylolfa.com
ffôn 01970 832 304
ffacs 832782

Ar ôl gorffen yr hyn roedd wedi'i gynllwynio, rhoddodd ochenaid anifeilaidd. Ar yr eiliad honno llifodd stribed o olau car i'r guddfan ac yn y fflach o oleuni cafodd Erin gipolwg ar ei lygaid oeraidd, glaslwyd. Arhosodd y dyn i'r car basio ac yna cododd, a'i gadael yno, ar ei phen ei hun.

Pan gyrhaeddodd Erin adre – allai hi ddim cofio'n iawn sut – eisteddodd yn y tywyllwch yn ail-fyw hunllef y trais. Tynhaodd y boen gorfforol a meddyliol amdani fel feis. Gorfododd ei hun i ddringo'r grisiau i'r stafell ymolchi a throdd y golau ymlaen i syllu ar ei hwyneb yn y drych. Llifodd ton o oerni drwy ei chorff a'r unig beth a'i stopiodd rhag llewygu oedd y cyfog a gododd i'w cheg. Chwydodd, ac yna llowcio gwydraid o ddŵr i waredu'r surni. Roedd y stafell yn troi ond, o dipyn i beth, sadiodd a cheisio rhesymu â hi ei hun.

'Rhaid ffonio'r heddlu. Mae tystiolaeth gen i – clais ar fy wyneb, dillad wedi rhwygo. Rhaid i fi ffonio nawr, iddyn nhw ddal y bastard mor glou â phosib.'

Gan deimlo'n benysgafn aeth i'r lolfa a chydio yn y ffôn. Dechreuodd ddeialu ac yna, ar yr eiliad dyngedfennol, oedodd. Beth fyddai canlyniadau hyn? Archwiliad meddygol, cael ei holi'n dwll gan yr heddlu: Faint o'r gloch adawsoch chi'r gwesty; pam nad arhosoch chi am dacsi; wnaethoch chi ymladd yn ôl; ddwedoch chi 'na' o gwbl? Petai'r diawl yn cael ei ddal, byddai mwy o groesholi yn y llys, ei fargyfreithiwr yn gofyn cwestiynau awgrymog, ffiaidd, a'r wasg yn arllwys ei bywyd personol i'r byd. A'r cyfan yn arwain at yr awgrym ei bod hi'n gofyn amdani.

Rhoddodd y ffôn yn ôl yn ei grud a dychwelodd i'r stafell ymolchi. Safodd o dan ddŵr poeth y gawod am amser hir yn sgwrio a sgwrio hyd nes i'w chroen droi'n goch. O'r diwedd teimlai'n gorfforol lân. Roedd y bryntni meddyliol yn dal yno, ond gadawodd Erin y dasg o lanhau hwnnw tan yfory.

2

Bu'n troi a throsi am oriau, cyn syrthio i gwsg aflonydd yn oriau mân y bore a hanner dihuno mewn boddfa o chwys. Yn y tir neb rhwng cwsg ac effro ailwyliodd y trais yn ei meddwl fel ffilm arswyd, ffrâm wrth ffrâm, pob un yn waeth na'r llall ac mor glir â chrisial. Yna, caledodd ei chalon a gwnaeth benderfyniad y byddai'n dod o hyd i'w threisiwr a'i gosbi. Dim heddlu, dim llys – hi fyddai'r ditectif a'r un i roi'r gosb.

Ar ôl gwisgo aeth ati'n syth i wireddu cam cyntaf ei chynllun drwy archebu offer a nwyddau ar ei chyfrifiadur. Defnyddiodd enwau ffug ar bob gwefan i leihau'r siawns o olrhain ei phori a'i phrynu. Yna, gan sipian coffi'n araf wrth fwrdd y gegin, rhestrodd bob peth y gallai ei gofio am y dyn. Corff tenau, cyhyrog. Llygaid glaslwyd, oeraidd. Llais dwfn a'i galw'n bitsh, ond yn cyfeirio at 'bob bitsh' a bod 'y lleill wedi mwynhau'. Roedd y dyn wedi treisio o'r blaen felly. Trawyd hi gan y geiriau nesaf fel bollt – 'eistedd wrth y bar' – geiriau a olygai fod y dyn wedi ei gwylio yn y gwesty, yn paratoi ei ymosodiad.

Cofiodd iddo wenu'n greulon. Roedd rhywbeth anghyffredin am y wên. Caeodd ei llygaid a phwyso'i phen yn ei dwylo. Gwingodd wrth iddi gyffwrdd â'r clais ar ei boch ac yna mewn fflach, cofiodd am y llaw'n disgyn i'w tharo. Gwelodd fodrwy aur ar y bys bach, modrwy aur ac arfbais a'r llythyren D arni.

3

Y CHYDIG DDIWRNODAU'N DDIWEDDARACH AETH Erin i gadw apwyntiad yn y siop trin gwallt.

'Dwi am newid steil,' meddai. 'Cael gwared â'r hen wallt hir 'ma a'i dorri'n fyr. Fydd e'n gwneud i fi edrych yn ifancach, chi'n meddwl?'

Nodiodd y ferch heb ddweud dim. Yno i ymateb i ddymuniadau'r cwsmer roedd hi a gwelodd sawl un a gredai y gallai greu gwyrthiau gyda'i siswrn, a throi'r cloc yn ôl. Ar ôl awr o waith syllodd Erin ar berson gwahanol yn y drych – y gwallt yn fyr ac yn gorwedd yn dwt ar ei phen fel capan du. Croesodd i adran arall o'r siop i brynu lipstig, masgara a cholur tywyll. Fel arfer ni fyddai'n trafferthu â'r fath bethau, ond roedd y colur a'r steil gwallt yn hanfodol i'w bwriad.

Y noson honno safodd o flaen drych ei stafell wely. Taenodd y colur brown ar ei hwyneb, rhoi masgara ar flew ei hamrannau a thrwch o lipstig coch ar ei gwefusau. Ei gweithred nesaf oedd dadbacio'r nwyddau a brynodd dros y we. Gosododd y wìg o wallt hir melyn ar ben ei gwallt ei hun, rhoi sbectol drom ar ei thrwyn a gwisgo crys a throwsus du a bŵts lledr du. Taflodd gip olaf ar ei hadlewyrchiad ac roedd hi'n fodlon.

11

*

Ym mar y Seabank cododd wydraid o win gwyn a soda iddi hi ei hun a chroesi i eistedd yn un o gorneli tawelaf y gwesty. Dewisodd ei lle yn ofalus. Câi olygfa berffaith o'r yfwyr eraill a holl fynd a dod y lle. Gan sipian ei diod, suddodd yn isel i'w chadair a darllen ei llyfr. Roedd yn ymwybodol bod sawl dyn wedi taflu golwg tuag ati a chafodd wên o wahoddiad gan un neu ddau. Gwrthododd ymateb. Nid yno i hel dynion roedd hi ond i chwilio am un dyn penodol.

Treuliodd sawl noson hir a diflas yn y gornel ac yna, un noson, fe'i gwelodd. Daeth i mewn i'r bar ar ei ben ei hun ac ymuno â chriw o ddynion. Roedd tua deugain mlwydd oed, gyda llond pen o wallt tywyll a'i gorff yn dangos ei fod yn cadw'n heini. Fel y lleill gwisgai siwt lwyd, crys gwyn a thei streip yn dynodi aelodaeth o ryw glwb neu'i gilydd.

'Daf, braf dy weld di! Peint?' ac fe groesodd un o'i fêts at y bar i godi peint iddo.

Ynghanol chwerthin a siarad swnllyd, ymgollodd y criw yng nghwmni ei gilydd gyda'r dyn uchel ei gloch yn ganolbwynt yr hwyl a'r miri. Wrth wrando ar ei lais dwfn cryfhaodd sicrwydd Erin mai dyna'r dyn. Daf. D. Prin y gallai gredu ei bod yn yr un stafell ag ef, ar ôl aros cyhyd amdano, ond roedd pob greddf yn mynnu mai hwn oedd wedi ei threisio. A allai gasglu digon o nerth i fynd ato? Yn oeraidd, taflodd bob amheuaeth o'r neilltu. Aeth y dyn i brynu diod. Cododd Erin a sefyll wrth ei ymyl, a'i chalon yn curo'n galed. Roedd y dicter ynddi bron â'i llethu ond rheolodd ei hun wrth ei wylio'n estyn ei law ar draws y cownter i dalu. Gwelodd aur y fodrwy yn sgleinio yng ngolau'r bar.

Ar ôl diod arall cododd y dyn a gadael ei ffrindiau. Dilynodd Erin ef, a'i wylio'n camu i mewn i Audi ym maes parcio'r gwesty. Aeth i'w char hithau a gyrru allan ar ei ôl, gan osgoi mynd yn rhy agos. Trymhaodd y traffig ac roedd y llif ceir yn help i Erin, gan na fyddai gobaith i'w char bach aros wrth gynffon yr Audi petai'n codi sbid. Ar ôl nifer o oleuadau traffig daethant at groesffordd a gwelodd fod gyrrwr yr Audi'n bwriadu troi i'r dde. Pwysodd yn galed ar y sbardun a gorfod brecio ar unwaith i osgoi fan wen a ysgubodd i'r bwlch o'i blaen. Ni allai weld y tu hwnt i'r fan, ac wrth iddi gyrraedd y troad roedd yr Audi wedi hen ddiflannu. Dyrnodd y llyw a rhegi'n uchel. Doedd neb yno i'w chlywed, neb arall yn ymwybodol o'i methiant. Roedd y bastard wedi dianc, ond fe fyddai cyfle arall i ddial, yn bendant.

13

4

Gwyddai Erin mai'r cam nesaf yn ei chynllun oedd y mwyaf annymunol, ond gwyddai hefyd mai dyma sut oedd rhwydo ei threisiwr. Gyda'r un sylw i'r colur a'r wìg aeth yn ôl i'r gwesty ond, y tro hwn, roedd ei gwisg ychydig yn fwy mentrus. Eisteddodd yn ei chornel arferol ac er mawr syndod iddi daeth y dyn i mewn bron yn syth wedyn. Aeth at y bar ac ar yr un pryd cododd hithau i sefyll wrth ei ymyl. Galwodd am ei gwin a soda ac wedi i'r ddiod gael ei gosod o'i blaen nesaodd yn gyfrwys at y dyn, ac wrth iddo symud ei fraich trawodd yn erbyn y gwydr gan dywallt y gwin ar draws y bar.

Trodd ati a daeth wyneb yn wyneb â'i threisiwr unwaith eto. Edrychodd yn syth i oerni'r llygaid glaslwyd, ac wrth i'r dyn wenu'n ffals gwelodd y rhes o ddannedd llyfn gyda gofod yng nghanol y rhes. Wrth gwrs, dyna'r nodwedd anghyffredin!

Gyda rhyw sioe fawr o gwrteisi brysiodd y dyn i ymddiheuro. 'O, mae'n flin 'da fi. Shwt allen i fod mor lletchwith?'

'Na, na, mae'n iawn. Fi oedd ar fai.'

'Dim o gwbl. Gadewch i fi brynu diod arall i chi. Gwin gwyn a soda, ie?'

Dychwelodd i'w chornel ac ymhen dim daeth

y dyn i eistedd gyferbyn â hi a gosod y ddiod ar y bwrdd. Cyflwynodd ei hun gan ysgwyd llaw.

'Dafydd. Daf. A chi?'

Daeth y celwydd yn hawdd. 'Leah.'

'Leah, enw tlws iawn. Mor dlws â'i berchennog. Braf cwrdd â chi.' Oedodd cyn ychwanegu, 'Ond mae gen i deimlad 'mod i wedi'ch gweld chi o'r blaen.'

Cafodd Erin eiliad o banig cyn iddi ateb yn llyfn, 'Digon posib. Dwi'n dod yma'n weddol reolaidd. Dwi wedi'ch gweld chi a'ch mêts yma hefyd.'

'A, criw da! A gan eich bod chi a finne'n cymdeithasu yn yr un lle'n rheolaidd, mae 'na nifer o bethau'n gyffredin rhyngon ni'n dau.'

Sylwodd ar ei ymdrech gloff i fod yn gyfeillgar, ac ar y blys yn ei lygaid glaslwyd oedd yn crwydro dros ei chorff – y llygaid aeth â hi'n ôl i'w hunllef. Cafwyd ail ddiod ac ymdrechodd Erin i gynnal sgwrs a chwarae ei rhan fel merch hawdd ei chael. Ond ar ôl rhyw awr cododd a pharatoi i adael.

'Diolch am y gwin a'r sgwrs. Dwi'n mynd i chwilio am dacsi.'

Pwysodd ymlaen yn araf i godi ei bag o'r llawr. Roedd y symudiad yn fwriadol a gwyddai fod ei hosgo'n rhoi golygfa lawn o'r hyn allai ei demtio o dan ei blows. Wrth sythu gwelodd fod Dafydd wedi ei fodloni â'r hyn a welodd.

15

'Oes rhaid i'r noson orffen? Beth am ddiod bach arall?' Gosododd gerdyn plastig ar y bwrdd. 'Mae gen i stafell lan lofft. *Suite* a dweud y gwir.'

Doedd Erin ddim am ymddangos yn rhy awyddus ac ysgydwodd ei phen. 'Dwi ddim yn siŵr. Na, rhywbryd eto efallai?'

Closiodd Dafydd ati a sibrwd yn chwareus, 'Dere. Mae gen i ddiod yn fy stafell. Sdim niwed yn hynny, oes e?'

Ildiodd a gwenu. 'Nag oes, mae'n siŵr. Well i ni adael ar wahân. Cer di gynta. Pa rif yw'r stafell?'

'Tri deg saith, ar y llawr uchaf.' Cododd Dafydd a cherdded yn hyderus at fynedfa'r bar.

Gwyliodd Erin ei tharged ac ymdrechodd yn galed i reoli ei nerfau. Yn sydyn fe'i llethwyd gan bwl o ddiffyg hyder a daeth o fewn trwch blewyn at redeg allan o'r gwesty. Yna, cofiodd am ei phenderfyniad – rhaid ei gosbi, doed a ddelo. Felly, cododd a chroesi i'r dderbynfa. Roedd merch ifanc wrth y ddesg, ond canodd ffôn yn y swyddfa tu cefn iddi ac aeth i ateb yr alwad. Yn hytrach na defnyddio'r lifft camodd Erin at y grisiau a dechrau dringo. Erbyn iddi gyrraedd y trydydd llawr roedd yn fyr ei hanadl, a chymerodd ychydig eiliadau i dawelu ei nerfau cyn curo'n ysgafn ar y drws.

Atebodd Dafydd ar unwaith. Yn yr hanner tywyllwch roedd sglein yn ei lygaid a gafaelodd yn ei braich a'i harwain i foethusrwydd y stafell. Closiodd ati heb ddweud gair, ei chusanu a llithro ei ddwylo dros ei chorff. Dechreuodd ddatod botymau'r flows a bu raid i Erin ymdrechu i'w rhyddhau ei hun. Ffieiddiai at y cyfan ond gwyddai fod rhaid ymateb os oedd y cynllun i lwyddo.

'Hei, ara bach! Un cam ar y tro. Cer di i'r stafell molchi i newid i rywbeth bach mwy cyfforddus ac fe wna i dywallt diod. Fodca a Coke?'

Lledodd gwên fodlon dros ei wyneb a heb air o brotest aeth i'r stafell ymolchi. Aeth Erin ati'n syth i baratoi gwydraid o Coke gydag iâ a lemwn o'r *mini-bar* iddi hi ei hun a'r un peth i Dafydd, ond gyda joch cryf o fodca yn y gwydr hwnnw. Yna, estynnodd i'w bag am amlen, ei hagor a thywallt ei chynnwys i ddiod Dafydd. Suddodd y powdwr i waelod y gwydr ac ar ôl ysgydwad roedd wedi ymdoddi'n llwyr.

Dychwelodd Dafydd. Nesaodd ato i redeg ei llaw drwy'r blewiach ar ei frest. Cleciodd un gwydr yn erbyn y llall.

'Iechyd da! Fodca bach i roi sbarc i weddill y noson. Dwi'n mynd i'r tŷ bach. Paid â phoeni, bydda i'n ôl nawr.'

Arhosodd yno am bum munud er mwyn i'r

cyffur gael amser i weithio a gwrandawodd yn astud am unrhyw sŵn. Pan oedd distawrwydd llethol, cripiodd yn ofalus i'r stafell. Yn union fel y disgwyliai, roedd Dafydd yn gorwedd yn llonydd ar y gwely, gwydr gwag wrth ei ochr a'i lygaid yn ddi-fflach a phŵl.

Un peth ar ôl. Y weithred anoddaf un. Am yr ail waith y noson honno, roedd rhwng dau feddwl ac oedodd wrth ymyl y gwely. A allai wneud hyn? Ond wrth gofio poen a dychryn y treisio, gafaelodd yn dynn yn y gobennydd a'i osod dros wyneb Dafydd. Er gwaethaf pŵer y cyffur, dechreuodd frwydro am ei anadl gan gicio'i goesau a cheisio codi ar ei eistedd. Ond hithau, yn sefyll uwch ei ben, oedd â'r llaw gryfaf a gwasgodd y gobennydd yn galetach fyth. O dipyn i beth, llonyddodd ei symudiadau ac yna, roedd Dafydd yn gwbl lonydd. Dim ond wedyn y magodd ddigon o blwc i godi'r gobennydd a syllu ar ei wyneb di-liw, a'r tafod yn hongian o'i geg fel malwoden seimllyd.

Rhynnodd ei chorff cyn caledu a gwthio'r holl amheuon o'r neilltu. Yn benderfynol, brysiodd yn ddideimlad i gyflawni gweddill ei chynllun.

5

Yn Krakow, arferai Maja weithio mewn swyddfa pensaer. Roedd ganddi radd ddisglair a siaradai sawl iaith, gan gynnwys Saesneg. Ond roedd y cyflog yn isel yng Ngwlad Pwyl, a'r siawns am ddyrchafiad y nesa peth i ddim. Daeth i Gymru a chanfod ei bod hi'n amhosib iddi gael swydd broffesiynol yma hefyd, heb gymwysterau Prydeinig. Felly, roedd rhaid ailgynllunio a cheisio cynilo i dalu am hyfforddiant drwy gymryd gwaith islaw ei gallu.

Y bore hwnnw roedd Maja a'i chyd-weithwraig Kim wrth eu tasg foreol yn glanhau'r stafelloedd gwely ar drydydd llawr y Seabank – Kim yn gyfrifol am yr ochr chwith a Maja am yr ochr dde, y *suites* a wynebai'r môr. Eu harfer oedd cyfnewid o un dydd i'r llall gan fod gwesteion y *suites* yn creu llawer mwy o annibendod. Ni allai Maja ddeall hynny. Doedd arian ddim yn esgus am arferion brwnt, oedd e? A doedden nhw byth yn gadael tip chwaith.

Daeth at stafell tri deg saith a gwthio ei cherdyn i'r slot bychan wrth ymyl y drws. Camodd i mewn a gweld fod y llenni'n dal ar gau. Trawyd hi'n syth gan arogleuon rhyfedd – rhyw gymysgedd o iwrin a charthion dynol. Ych, ffiaidd! Oedd rhywun wedi baeddu'r gwely?

19

Gwasgodd y botwm i gynnau'r prif olau. Gwelodd yr olygfa erchyll, sgrechian mewn braw a gweiddi, 'Kim, Kim, dere 'ma!'

*

Insbector Gareth Prior oedd agosaf at y gwely. Y tu ôl iddo safai aelodau eraill y tîm – Ditectif Sarjant Clive Akers a'r Ditectif Gwnstabl Theresa Owen, neu Teri, fel y câi ei hadnabod gan ei ffrindiau. Roedd rheolwr y Seabank, Harvey Croft, wrth y drws, yn symud yn nerfus o un droed i'r llall.

Roedd sylw pawb ar y corff a orweddai ar y gwely. Dyn yn ei bedwardegau cynnar, yn noeth ar wahân i ddillad isaf merch, rhai sidan coch. Roedd bag plastig wedi'i glymu o gwmpas ei wddf a thrwy'r plastig roedd yr wyneb yn las, y tafod yn ymwthio allan o'r geg a lipstig coch llachar i'w weld ar y gwefusau. Roedd dau gylchgrawn yn agored y naill ochr i'r corff, staeniau ar y cynfasau a'r drewdod yn annioddefol.

Cymerodd Gareth gam yn ôl a mesur ei eiriau'n ofalus. 'Ar yr olwg gyntaf, yr hyn sydd gyda ni yw marwolaeth *autoerotic*, ond mae'n ymddangos fod y chwarae wedi troi'n chwerw. Ydyn ni'n gwybod pwy yw e?'

Pesychodd Croft, 'Mr Dafydd Hartman.'

'Oedd e'n ymwelydd cyson â'r gwesty?'

'Oedd. Roedd e'n fargyfreithiwr ac yn ymddangos yn gyson yn y llys sirol yn Aberystwyth. Byddai'n aros yn y Seabank bob tro.'

O edrych eto drwy'r plastig, roedd gan Gareth frith gof iddo wynebu Hartman yn y llys mewn achos o fygwth a lladrad ryw flwyddyn yn ôl. Cofiodd am ei ymadroddion slic, y torri tystiolaeth ar ei hanner a'r modd y llwyddodd Hartman i ryddhau un o ddihirod amlycaf gorllewin Cymru. Wel, meddyliodd, ti sydd mewn picil nawr. Trodd at Croft. 'Oes cyfeiriad cartref?'

'Bydd ei fanylion yn y swyddfa.'

'Allwch chi fynd i'w nôl nhw, os gwelwch yn dda?'

Nodiodd Croft a throi am y drws, yn falch o'r cyfle i ddianc. Cyn iddo ddiflannu gofynnodd Gareth, 'Pwy ffeindiodd y corff?'

'Un o'r glanhawyr, Maja Bukoski.'

'Byddwn ni angen gair â hi. Dwi'n cymryd nad oes dim wedi'i gyffwrdd?'

'Na, dim. Fe ddaeth y ddwy lanhawraig yn syth ata i.'

Ar ôl i'r rheolwr adael dechreuodd y tri ditectif fwrw golwg fanwl dros y stafell. Aeth Teri i'r stafell ymolchi a dychwelyd ar unwaith bron. 'Mae ei ddillad e mewn fan'na,' meddai hi. 'Mae'n debyg ei fod e wedi newid i'r dillad isaf coch a falle wedi edmygu'i hunan yn y drych, y mochyn.'

Roedd Clive yn penlinio wrth y bwrdd isel wrth ochr y gwely. Gwisgodd bâr o fenig rwber a chodi waled oddi ar y bwrdd i fodio'r cynnwys. 'Set gyflawn o gardiau banc, cerdyn platinwm American Express a dros dri chan punt mewn arian papur. Set o gardiau personol – roedd Hartman yn brif bartner ym mhractis Hartman Longspear, Abertawe. Mae ei gyfeiriad e fan hyn hefyd – Westhaven, Harbour Heights, y Mwmbwls. A llun o wraig a dwy ferch fach.'

Distawrwydd. Gwyddai'r lleill fod Gareth yn rhoi pwyslais ar argraffiadau cyntaf. Doedd dim syndod felly iddo ofyn, 'Felly, cyn i'r SOCOs a'r criw fforensig gyrraedd, beth sydd gyda ni?'

'Wel, dim lladrad,' atebodd Clive. 'Roedd y drws ar glo a dwy allwedd ar y bwrdd, arian yn dal yn y waled a Rolex ar y bwrdd gyferbyn. Fel ddwedest ti, Gareth, mae'n debyg bod Hartman wedi cau'r byd allan drwy gau'r llenni a ffantasïo yn y dillad isaf a'r cylchgronau. Rhoi'r bag plastig dros ei ben i gael mwy o *thrill*, a phan drodd y cyfan o chwith doedd neb yma i lacio'r bag.'

Nodiodd Teri. 'Dyn bach pathetig! Mae dau beth yn fy nharo i. Mae'r lipstig yn hynod o daclus, sy'n awgrymu'i fod e wedi hen arfer, ac yn ail, ble mae'r lipstig nawr?'

'Hm, dyle fod syniad cliriach gyda ni ar ôl archwiliad y SOCOs ac wedyn y post mortem,' meddai Gareth. 'Bydd angen edrych ar gamerâu mewnol y gwesty i wybod union symudiadau Mr Hartman. Clive, cer di i ofalu am hynny, ac i holi'r glanhawyr ac aelodau eraill o'r staff i gadarnhau'r symudiadau. Yn y cyfamser, fe af i a Teri i dorri'r newyddion i Mrs Hartman.'

6

CLWSTWR O DAI CRAND ar gyrion y Mwmbwls
oedd Harbour Heights, ac roedd Westhaven yn
dŷ tipyn mwy na'r lleill. Wrth agosáu llywiodd
Gareth y Merc ar hyd rhiw fechan a dod at gatiau
haearn du. Aeth Teri allan o'r car i wasgu botwm
yn y piler, ac ar ôl sgwrs fer agorodd y gatiau'n
llyfn a pharciodd Gareth o flaen y tŷ.

Roedd y ddynes agorodd y drws wedi'i gwisgo'n
eithriadol o smart, a hyd yn oed yr amser yma
o'r bore roedd y colur yn berffaith – cyffyrddiad
ysgafn o lipstig ar y gwefusau a rhyw dwtsh o
fasgara i dynnu sylw at ei llygaid fioled. Roedd
ei chroen tywyll yn awgrymu iddi ddychwelyd
o wyliau tramor yn gymharol ddiweddar. Roedd
arogl ei phersawr Bulgari yn gryf, ac arogl yr arian
yn gryfach fyth.

Cyflwynodd Gareth ei hun. 'Insbector Gareth
Prior, Heddlu Dyfed-Powys. Mrs Hartman?'

Nòd bychan. Os oedd hi'n synnu gweld y glas
ar ei stepen drws, ni ddangosodd hynny. Cafodd
Gareth a Teri eu harwain i'r lolfa foethus, o olwg y
cymdogion. Yn y pen pellaf roedd ffenest enfawr
yn edrych allan dros Fae Abertawe, lle tân marmor
ar y dde a chymysgedd o soffas a chadeiriau lledr
gwyn bob ochr i'r tân. Symudodd y ddynes at

gadair a gwahodd Gareth a Teri i eistedd. Ar yr eiliad honno rhedodd dwy ferch fach benfelen o'r gegin a mynd yn syth at eu mam.

'Faith a Charlotte, efeilliaid,' cyhoeddodd y fam yn falch. 'Maen nhw adre heddiw oherwydd parti pen-blwydd sbesial, on'd y'ch chi, ferched? Nawr 'te, sut alla i helpu?'

Pwyllodd Gareth cyn ateb. 'Dwi'n credu, Mrs Hartman, y byddai'n well i ni gael gair heb y merched.'

Cododd mymryn o amheuaeth yn y llygaid fioled. 'Faith, Charlotte, ewch lan llofft at Mam-gu.' Ufuddhaodd y ddwy heb air o brotest a chododd Iris Hartman i gau'r drws ar eu hôl. 'Wel?'

'Eich gŵr, Mrs Hartman...'

'O, Dafydd chi moyn! Dyw e ddim yma. Dylech chi fod wedi dweud yn gynt. Mae e yn Aberystwyth.'

'Mae hyn yn anodd... Mater sensitif...'

Cododd cochni i'r wyneb perffaith ac unwaith eto torrodd y ddynes ar draws, yn siarpach y tro hwn. 'Be sy wedi digwydd nawr? Pwy yw'r ferch?'

Nid oedd modd osgoi'r gwirionedd bellach. 'Mae corff Mr Hartman wedi'i ddarganfod mewn stafell wely yng ngwesty'r Seabank yn Aberystwyth. Roedd e ar ei ben ei hun.'

Gwelwodd Iris Hartman ond doedd dim dagrau. Y math o berson a ystyriai fod crio'n gyhoeddus yn arwydd o wendid, tybiodd Gareth. Serch hynny, roedd hi'n amlwg dan straen ac ar ôl saib o dawelwch gofynnodd mewn llais isel, 'Ga i wydraid o ddŵr, plis?'

Aeth Teri i'r gegin a dychwelyd ar ei hunion. Sipiodd y ddynes y dŵr a'i osod yn grynedig ar y bwrdd wrth ei hochr. O dipyn i beth magodd ddigon o nerth i barhau. 'Diolch am ddod draw i ddweud, rwy'n gwerthfawrogi'n fawr. Ro'n i wedi rhybuddio Dafydd sawl gwaith i smocio ac yfed llai, ac ar gyngor y doctor roedd e'n mynd i'r *gym* ac wedi dechrau colli pwysau. Ond yn rhy hwyr, mae'n ymddangos. Trawiad ar y galon gafodd e?'

Llyncodd Gareth ei boer. 'Na. Bu Mr Hartman farw o ganlyniad i gêm ryw. Roedd e wedi clymu bag plastig dros ei wyneb a methodd â datod y bag mewn pryd, a mygu i farwolaeth. Ar hyn o bryd, r'yn ni'n trin y digwyddiad fel achos o farwolaeth amheus. Mae'n flin 'da fi.'

Ni wyddai Gareth na Teri beth fyddai'r ymateb, ac am funud hir doedd dim ymateb o gwbl. Yna, mewn llais tipyn cryfach na chynt, dywedodd Iris, 'Y diawl hunanol! Meddwl am neb ond fe'i hunan, fel arfer. Sbort gyda rhyw hwren, allen i dderbyn hynny – i raddau. Ond ar ei ben ei hun!

Cywilydd. Beth alla i ddweud wrth y merched, a Mam? A'r cymdogion?'

Gwyddai Gareth nad dyma'r adeg orau, ond holodd beth bynnag. 'Mrs Hartman, fe ofynnoch chi pwy yw'r ferch. Beth oedd ystyr y cwestiwn?'

Daeth y ffrwydriad. 'Ystyr?! Roedd y diawl wedi cael affêr gyda'i ysgrifenyddes a bod mewn sawl helynt. Dod adre bob tro fel rhyw gi bach a'i gynffon rhwng ei goesau. "Sori Iris, wnaiff e ddim digwydd eto." A finne'n ddigon o ffŵl i'w gredu.' Cododd ar ei thraed a'i hwyneb yn fflamgoch. 'Dwi am i chi fynd nawr. Os y'ch chi am gael manylion ewch i'r swyddfa. Mae 'na griw digon dauwynebog yno fydd yn fwy na pharod i siarad â chi, dwi'n siŵr.'

7

GARETH OEDD Y CYNTAF i gyrraedd gorsaf yr heddlu y bore wedyn. Aeth yn syth i'r swyddfa a gosod copi o'r *Western Mail* ar ei ddesg. O dan y pennawd ar y dudalen flaen, BARRISTER FOUND DEAD, roedd y stori'n llawn ond, diolch i'r drefn, heb y manylion am y corff ar y gwely. Gorffennai'r adroddiad gyda'r geiriau, 'Dyfed-Powys Police are treating the incident as a suspicious death'. Tybed sut y cafodd y papur y stori, meddyliodd. Wel, roedd sawl un yn y Seabank yn gwybod y ffeithiau ac fe fyddai'r hanes wedi lledu fel tân.

Ymhen rhyw bum munud daeth Teri i mewn, hithau hefyd yn cario copi o'r papur. 'Dwi wedi ffonio'r *Western Mail* ac ar ôl rhyw rwtsh am warchod ffynonellau, y cyfan ges i oedd i'r papur dderbyn galwad ffôn ddienw. Ac mae'n debyg i'r datganiad am yr heddlu ddod o'r pencadlys yng Nghaerfyrddin. Bydd Iris Hartman yn benwan.'

'Bydd, ac yn ein beio ni.'

Ymddangosodd Clive ac fe dreuliwyd yr awr nesaf yn trafod yr achos. Adroddodd Gareth y manylion am yr ymweliad â'r Mwmbwls gan gloi gyda'r ffeithiau am helyntion carwriaethol Hartman.

'Oes unrhyw drywydd gallwn ni ei ddilyn?' holodd Clive.

'Na. Fel mae'r papur yn sôn, does dim byd mwy na marwolaeth amheus ar hyn o bryd.' Cododd ffeil o'r ddesg. 'Dyma adroddiad y bois fforensig. Roedd y stafell yn llawn olion bysedd gwahanol. Sdim disgwyl i bob man gael ei lanhau bob dydd mewn gwesty, oes e! Olion bysedd Hartman ar gasyn y lipstig oedd yn nrôr y bwrdd wrth ochr y gwely ac mewn sawl man arall, gan gynnwys y gwydr. Ôl diod ar waelod y gwydr.' Ystyriodd y lleill arwyddocâd y ffeithiau ac aeth Gareth yn ei flaen. 'Beth oedd gan staff y gwesty i'w ddweud, Clive?'

'Y ddwy lanhawraig yn wastraff amser. Roedd Kim Roberts yn llawn o'r sgandal ond doedd ganddi ddim i'w gyfrannu ar wahân i'r ffaith iddi glywed sgrech ei ffrind ac i'r ddwy redeg nerth eu traed. Roedd ymateb Maja Bukoski yn wahanol – roedd hi'n dawel ac yn amharod i siarad. Roedd hi'n ofni y byddai'r helynt yn rheswm i'w hanfon 'nôl i Wlad Pwyl a rhoi stop ar ei gobeithion i gael ei hyfforddi fel pensaer.'

'Amseroedd?' gofynnodd Gareth.

Edrychodd Akers ar ei lyfr nodiadau. 'Y ferch wrth y dderbynfa yn cadarnhau bod Hartman yn ymwelydd rheolaidd, weithiau ar ei ben ei hun ac weithiau'n cwrdd â chriw o ffrindiau. Ar y noson dan sylw, cyrhaeddodd am hanner awr wedi pump ar ôl bod yn y llys y diwrnod hwnnw a mynd yn syth i stafell tri deg saith. Bwcio 'run stafell bob tro, *suite* ddrutaf y Seabank. Dod lawr tua wyth, bwyta pryd o fwyd, croesi i'r bar a defnyddio'r lifft i ddychwelyd i'r stafell. Doedd y ferch ddim yn siŵr o'r amser, roedd hi'n brysur ar y ffôn.'

Gan gofio sylwadau Iris Hartman gofynnodd Teri, 'Ar ei ben ei hun?'

'Ie, dim ond fe.'

Gareth eto. 'Beth am y barman? Rhywbeth defnyddiol?'

Cododd Akers ei ysgwyddau. 'Yn anffodus, mae'r barman arferol, Bill Jones, wedi gadael heddiw am wyliau yn Sbaen.'

'Piti. Fuest ti'n edrych ar y tapiau?'

'Wel, mae nam ar y system ers mis, mae'n debyg. Roedd Croft wedi cwyno ond roedd perchnogion y gwesty'n amharod i wario arian i'w thrwsio.'

Canodd y ffôn ac ar ôl cynnal sgwrs fer trodd Gareth at y lleill. 'Dr Angharad Annwyl. Mae wedi cwblhau'r post mortem ac am i ni fynd i Ysbyty Bronglais ar unwaith.'

*

Er iddi ymweld â'r morg sawl gwaith, ni allai Teri fyth gyfarwyddo â'r lle – y teils gwyn, y rhes o rewgelloedd wrth y wal bellaf a murmur tawel y peiriannau awyru na lwyddai'n llwyr i gael gwared ag arogl y cyrff a'r *formalin*. Teimlai ias yn mynd i lawr ei hasgwrn cefn a chroen gŵydd yn codi ar ei breichiau. Ond nid oedd am ddangos unrhyw arwydd o wendid wrth iddi ddilyn Gareth a Clive.

Safai Dr Angharad Annwyl y tu ôl i'r troli metel, a'r cynorthwyydd wrth ei hymyl. Roedd corff Dafydd Hartman ar y troli, yn gwbl noeth, a'r toriadau ar draws y corff yn boenus o glir.

Estynnodd y patholegydd am glipfwrdd i ddarllen ei nodiadau, a chyfeirio'i sylw at y corff wrth gyflwyno'r ffeithiau. 'Dafydd Hartman, pedwar deg tri mlwydd oed. Dyn gweddol ffit ond braster ar yr afu yn dangos goryfed a'r ysgyfaint tywyll yn arwydd o smocio. Mygu i farwolaeth a'r bag plastig wedi'i glymu o gwmpas y gwddf. Gêm beryglus wedi mynd o chwith. Dwi wedi gweld achosion eraill tebyg – dynion yn hanner crogi wrth raff ac yn meddwl bod modd datod y cwlwm. Ond, y funud nesaf, yn llithro i'w marwolaeth.

'Ac ar yr wyneb, dyna sy gyda ni, ond ar ôl archwiliad meicrosgop doedd dim tystiolaeth o wlybaniaeth yn y bag plastig. Fel arfer mewn gêm ryw mae'r unigolyn yn dal i anadlu, a'r anadlu allan yn troi'n wlybaniaeth. Doedd dim gwlybaniaeth yma, sy'n profi bod y bag wedi'i glymu dros ei wyneb ar ôl iddo farw.' Oedodd y patholegydd i bwyso at y corff. 'Hefyd, mae ffeibrau yn y ddwy ffroen. Lladdwyd Hartman drwy wasgu gobennydd neu rywbeth tebyg dros ei wyneb a'i fygu. Ydy'r ystafell yn y Seabank yn dal dan glo, fel *scene of crime*?'

Gareth atebodd. 'Ydy.'

'Da iawn. Bydd sampl o obennydd yn union yr un fath â'r ffeibrau yn y trwyn, mae'n sicr.'

Syfrdanwyd y tri ditectif. Ond nid oedd Angharad Annwyl wedi gorffen. Cydiodd mewn potel fechan yn llawn hylif brown. 'O wagio'r stumog rydyn ni'n gwybod mai stêc a sglodion oedd ei bryd bwyd olaf. Yn y botel mae ei ddiod olaf, fodca a Coke ac, yn bwysicach, tawelydd cryf a fyddai'n gwneud iddo gysgu.'

Am eiliad, y peiriannau awyru oedd yr unig sŵn. Torrodd Gareth ar draws y distawrwydd llethol. 'Felly, i fod yn gwbl glir, mae Hartman wedi'i lofruddio, a'i ddrygio cyn ei ladd?'

'Yn bendant. Amcan amser marwolaeth, rhwng hanner awr wedi deg a deuddeg. Bydd adroddiad llawn i ddilyn.'

'Faint o nerth oedd ei angen i wasgu'r gobennydd?'

Plethodd y doctor ei dwylo uwchben wyneb y corff. 'Mae'r llofrudd yn sefyll fel hyn. Cofiwch fod Hartman dan effaith y cyffur, felly doedd dim angen llawer o nerth.'

8

Nɪᴅ ᴏᴇᴅᴅ ᴀᴡʏᴅᴅ ʙᴡʏᴅ ar Erin ond gorfododd ei hun i fwyta. Roedd y miwsli'n blasu fel llwch, y tost yn grimp a chaled a'r coffi'n sur. Cliriodd y bwyd o'r bwrdd a symud i lwytho'r llestri i'r peiriant. Edrychodd o gwmpas y gegin a gweld bod angen tacluso. Roedd pentyrrau o gylchgronau ar un o'r cadeiriau a bocsys bwyd gwag yn dal wrth y popty ping. Job i'r penwythnos – ni allai wynebu'r dasg ar hyn o bryd ac roedd rhaid brysio i osgoi bod yn hwyr i'r gwaith.

Casglodd ei bag a gwisgo'i chot. Roedd wrth y drws pan glywodd sŵn y radio a chroesodd i wasgu'r botwm i'w ddiffodd. Gwrandawodd ar y llais ac yn sydyn ni fedrai symud cam. Roedd ei thraed a'i chorff wedi cloi a'i llaw yn glynu wrth y botwm fel magnet.

'Mae Heddlu Dyfed-Powys wedi cyhoeddi enw'r dyn a gafwyd yn farw mewn ystafell yng ngwesty'r Seabank, Aberystwyth. Roedd Mr Dafydd Hartman yn bedwar deg tri mlwydd oed ac yn byw yn ardal Abertawe, yn briod ac yn dad i ddwy ferch. Dylai unrhyw un...'

Sychodd y chwys oddi ar ei thalcen a symud yn grynedig i ddiffodd y radio. Nid oedd am glywed gair arall a ceisiodd gael gwared o'r llun o'r merched o'i meddwl. Cysurodd ei hun trwy fynnu bod Hartman yn haeddu'r gosb. Roedd wedi ymosod o'r blaen ac fe fyddai wedi ymosod eto. Doedd dynion fel yna byth yn dysgu.

Gadawodd y tŷ, dringo i'r car a gyrru drwy'r dre. Gweithiai Erin fel gwe-ddylunydd i Trendis, cwmni oedd â'i bencadlys ar stad ddiwydiannol uwchben Aberystwyth. O weld bron pob lle parcio yn llawn, sylweddolodd mai hi oedd yr olaf i gyrraedd y gwaith. Gwasgodd y rhifau ar y pad wrth y drws i gael mynediad ac aeth yn syth at ei desg.

Rhannai swyddfa â Lisa, merch dipyn yn iau a fu'n gweithio i'r cwmni ers deufis. Roedd Erin yn gyfrifol am ei goruchwylio a daeth i wybod yn fuan fod Lisa yn waith caled. Gofynnai gwestiynau syml dro ar ôl tro gan ymestyn amynedd Erin i'r eithaf. Ei gwendid pennaf oedd methu canolbwyntio oherwydd ei harfer o wrando ar gerddoriaeth ar ei ffôn, a'i siarad di-baid.

'Haia! Shwt wyt ti? Ti'n hwyr. Ma *fe* mewn yn barod.'

'Fe' oedd Marcus Green, perchennog Trendis, bòs Erin, oedd yn neidio ar bob cyfle i roi pawb yn eu lle ac yn awyddus i'w bortreadu ei hun fel ceffyl blaen yn y maes gwe-ddylunio. Nid oedd yn ddyn poblogaidd ac roedd ei dueddiad i gyfarch y staff benywaidd gyda'r gair 'cariad' yn dân ar groen sawl un.

Agorodd Erin ei chyfrifiadur a setlo i osod fideo ar wefan cleient newydd. Er iddi ddilyn y cyfarwyddiadau arferol roedd y fideo'n gwrthod llwytho. Ceisiodd eto ond roedd y fideo'n sticio yn yr un man bob tro. Roedd y geiriau ar y sgrin yn toddi i'w gilydd a hithau'n rhegi ac yn meddwl fod y neges 'Be a smart start' yn dwp ac yn gawslyd. Wel, y cleient, nid hi, fynnodd gynnwys y geiriau hynny. Ar ôl y trydydd a'r pedwerydd ymgais synnodd wrth gydnabod ei chamgymeriad. Dechreuodd y fideo redeg yn llyfn wedyn a symudodd Erin ymlaen at y cam nesaf o lunio bwydlen i ddilyn y fideo. Anadlodd yn esmwythach a rhoi ei holl egni i'r gwaith.

'Erin, alli di ddod 'ma, plis?'

Ochneidiodd Erin yn dawel, gan wybod nad oedd ganddi ddewis mewn gwirionedd. Croesodd at y ddesg a sefyll i edrych dros ysgwydd Lisa.

'Dwi'n gwbod bod ti wedi dangos i fi o'r blân ond shwt wyt ti'n dewis ffont Adobe Caslon Pro a rhoi cysgod tu ôl i'r lluniau?'

Amynedd, amynedd, meddyliodd Erin. Am y degfed tro bwydodd y gorchymyn a throi at Lisa. 'Rhaid i ti drio cofio, Lisa. Mae rhywbeth fel 'na'n hawdd. Dylet ti fod wedi hen ddysgu erbyn hyn.'

Os oedd Lisa wedi clywed y siarprwydd yn yr ateb ni ddangosodd hynny. Roedd Erin ar fin dychwelyd at ei thasg pan welodd gopi o'r *Western Mail* ar y ddesg a'r pennawd BARRISTER FOUND DEAD.

Cydiodd Lisa'n awchus yn y papur, yn falch o'r cyfle am sgwrs. 'Ti 'di darllen hwn? Meddylia, y boi ar ben ei hun!' Gostyngodd ei llais. 'Ac yn ôl y si, roedd e'n gwisgo dillad isa merched. *Perv*! *Saddo*, os ti'n gofyn i fi. Rîli od. Ti byth yn gallu dweud, wyt ti? Yn y Seabank o bob man! Hei, ti'n mynd i'r Seabank – falle bod ti *actually* wedi gweld y dyn!'

Daeth yr ateb yn gyflym, yn rhy gyflym efallai, ac yn sicr yn rhy uchel. 'Dwi ddim wedi bod yn y Seabank ers wythnosau. Dylet ti roi mwy o sylw i dy waith, Lisa. Paid gwastraffu amser yn pori dros ryw stori afiach.'

Gwridodd Lisa. Ni chafodd erioed ei cheryddu gan Erin fel yna o'r blaen, a synnodd at hwyliau drwg ei chyd-weithwraig. Rhywun wedi piso ar ei tsips hi, mae'n amlwg. Agorodd ei cheg i brotestio, ailfeddwl a chyfeirio ei golwg yn ôl at y sgrin o'i blaen.

Bu cyfnod anesmwyth o dawelwch am yr hanner awr nesaf ac yna daeth Marcus i mewn.

'Erin, cariad, gair sydyn, yn fy swyddfa i os nad wyt ti'n meindio.'

Hy! Gwyddai eto nad oedd dewis ganddi. Dilynodd Marcus ac eistedd gyferbyn ag e. Gallai weld o'i wên ffals fod newyddion drwg ganddo. Roedd Marcus bob amser yn gwenu fel rhyw lwynog cyfrwys cyn trosglwyddo newyddion drwg.

'Mae Bizbox yn gleient pwysig, Erin. I ddweud y gwir, ein cleient pwysicaf. Maen nhw wedi bod ar y ffôn ynglŷn â'r talp o feddalwedd anfonest ti ddoe. Tase hwnna wedi cael ei roi ar eu gwefan bydden nhw'n gallu dwyn achos cyfreithiol yn ein herbyn ni. Diolch byth fod aelod o staff Bizbox wedi sylwi ar y cawlach mewn pryd. Dy'n nhw ddim yn hapus o gwbl, ac maen nhw hyd yn oed yn bygwth mynd at gwmni arall. Oes esboniad pam mae hyn wedi digwydd, Erin?'

Gwingodd Erin yn ei chadair. *Roedd* yna esboniad ond allai hi ddim rhannu hynny gyda Marcus. 'Sori,' atebodd yn gloff. 'Wnaiff e ddim digwydd eto.'

'Na, ti'n iawn. Dwi'n rhoi rhybudd swyddogol i ti, Erin. Alla i na Trendis ddim fforddio camgymeriadau a cholli cwsmer fel Bizbox.'

Cododd Erin a throi am y drws. Ond doedd Marcus ddim wedi gorffen. 'Un peth bach arall. *Ti* sydd i fod i reoli Lisa. Rho stop ar y gerddoriaeth a mwy o ganolbwyntio, ti a hi. Deall?'

'Iawn.'

Gadawodd heb air arall a cherdded yn syth at ei desg, ei hwyneb yn wyn fel y galchen.

'Beth oedd *e* moyn?' gofynnodd Lisa.

'Meindia dy fusnes! Cer mlân â dy waith a llai o'r blydi miwsig 'na.'

9

ROEDD SYLWEDDOLI BOD DAFYDD Hartman wedi'i lofruddio yn newid natur yr ymchwiliad. Gwyddai Gareth, Clive a Teri fod rhaid dechrau o'r dechrau i ddarganfod pwy laddodd y bargyfreithiwr a pham. Safai'r tri yn archwilio bwrdd yn llawn ffotograffau – lluniau o'r corff o bob ongl, lluniau o ystafell tri deg saith a lluniau o gar Hartman a oedd yn dal i fod ym maes parcio'r Seabank.

Camodd Clive yn agosach at y bwrdd i bwyntio at un o'r lluniau. 'R'yn ni'n gwybod sut wnaeth e farw – ei ddrygio a'i fygu. Mae hynny'n ddigon eglur yn esboniad Dr Annwyl. Ond pam rhoi'r bag dros ei wyneb wedyn?'

Gareth atebodd. 'I ymestyn yr amser y byddai'n ei gymryd i ganfod y gwir ac i geisio twyllo'r heddlu. Gwneud i ni *feddwl* bod Hartman wedi marw o ganlyniad i gêm ryw.'

'A daeth y gwir i'r golwg fwy neu lai ar unwaith. Mae rhywun wedi mynd i lot o drafferth heb ddim pwrpas. Dwi ddim yn deall.'

'Beth am symudiadau Hartman? Cyrhaeddodd y gwesty am hanner awr wedi pump ar ôl diwrnod o waith yn y llys. Cofrestru, mynd yn syth i'r stafell, pryd o fwyd, mynd i'r bar, gadael, y ferch yn y dderbynfa ddim yn siŵr o'r amser. Ond yn siŵr nad oedd neb gyda fe. Ailholi, Clive?'

'Do, ac aelodau eraill o'r staff. Mae'r ferch yn glynu at ei stori a does dim byd newydd gan y lleill.'

'Ac eto, mae'r post mortem yn dangos bod ail berson yn y stafell ond does dim tystiolaeth fforensig. Mae rhywun wedi bod yn eithriadol o ofalus. Iawn, beth am y posibiliadau? Rhywun wedi cael mynediad pan oedd Hartman lawr llawr ac yn aros yn y stafell amdano? Digon hawdd gwneud copi o'r allweddi plastig. A beth am gael gafael ar gerdyn sy'n agor pob drws?'

Ysgydwodd Clive ei ben. 'Gofynnais i'r union gwestiwn hwnnw i Maja a Kim. Mae'r ddwy'n bendant nad yw'r cardiau byth allan o'u gafael. Mae'r staff yn gorfod gadael y cardiau mewn seff ar ddiwedd diwrnod gwaith.'

'Ocê, ail bosibilrwydd – bod Hartman yn agor y drws i ymosodwr. Trydydd, bod Hartman wedi trefnu i gwrdd â rhywun.'

'Ond pam? Pam cwrdd yn y stafell? Pam ddim yn y bar neu yn y bwyty?'

Teri atebodd, gan iddi weld y cyfan o safbwynt merch. 'Oherwydd fod y cyfarfod i fod yn breifat. Pwy bynnag oedd yno, dyn neu ddynes, doedd Hartman ddim am i unrhyw un weld.'

'Wel, ocê, beth am fotif?' protestiodd Clive.

'Dial!' ebychodd Teri. 'Mae dial yn ffitio i'r ddau – yr ymosodiad a'r cyfarfod. Ac mae'r dillad isaf yn rhan allweddol o'r dial. Mae'r llofrudd yn gwisgo Hartman yn y dillad er mwyn twyllo ond, yn bwysicach, i wneud i'r dyn edrych yn cinci. Mae e neu hi'n weddol sicr y byddai'r stori yn ymddangos yn y papurau a dyna Hartman yn farw a'i enw da yn rhacs.' Cododd ei llais i daro ei hergyd olaf, 'Cofiwch fod y *Western Mail* wedi cael y stori drwy alwad ffôn ddienw. Pwy?'

'A phwy fyddai eisiau dial?'

'Wel, mae un ymgeisydd clir. Soniodd Iris Hartman i'w gŵr gael affêr gyda'i ysgrifenyddes. D'yn ni'n gwybod dim am honno na shwt ddaeth y berthynas i ben.'

'Howld on,' dadleuodd Clive, 'dwi wedi cael sawl perthynas sy wedi suro ond dwi ddim wedi ystyried lladd 'run ohonyn nhw.'

'Ond r'yn ni'n siarad fan hyn am ddyn a fu mewn un helynt ar ôl y llall, yn ôl ei wraig. Mae angen gwybod mwy am Hartman, y twyllwr, ac am yr affêr – enw'r ysgrifenyddes, hyd y garwriaeth a beth oedd y rheswm am dynnu'r berthynas i ben.'

Holodd Gareth, 'Felly, wyt ti'n credu y dylai Iris Hartman fod o dan amheuaeth?'

'Na. Dwi'n methu gweld dwylo bach delicet Mrs Hartman yn gwasgu gobennydd ar wyneb ei gŵr. Ond fe allai fod wedi gofyn i rywun arall wneud drosti. Wnest ti sylwi, Gareth, mor awyddus oedd hi i gael gwared ohonon ni?'

Roedd Gareth yn hen gyfarwydd â'r frwydr rhwng synnwyr cyffredin a brwdfrydedd Teri. Weithiau byddai'r brwdfrydedd yn taro deuddeg ac weithiau'n methu'r targed yn llwyr. 'Ychydig yn awyddus, oedd. Beth bynnag, rwyt ti'n llygad dy le am yr ysgrifenyddes. Sy'n golygu trip i swyddfeydd Hartman Longspear. Oes rhai eraill i'w hystyried fel gelynion? Fyddai rhywun arall yn awyddus i ddial?'

'Beth am yr achosion llys?' atebodd Clive. 'Mae Hartman yn elyn i nifer o bobol, mae'n siŵr, ac yn gyfrifol am roi llawer o droseddwyr dan glo.'

'Hmm, o 'mhrofiad i, amddiffyn oedd arbenigedd Hartman, mewn modd digon slei. Ond pwynt teg. Mae'n siŵr fod 'na rai yn y carchar o'i herwydd e. Dyna ffaith ychwanegol i'w chodi gyda Mr Longspear. Reit, Teri a fi i Abertawe. Clive, 'nôl i'r Seabank i holi'r staff eto a chael enwau'r gwesteion ar noson y llofruddiaeth, yn enwedig y rhai oedd ar yr un llawr ac yn agos i stafell tri deg saith. Wnaeth rhywun glywed neu weld rhywbeth? Beth am ddrysau cefn, grisiau tân? Oes modd mynd at y stafell ar hyd llwybr sydd ddim yn gyhoeddus? Wedyn, rhaid mynd ar ôl yr amser dreuliodd Hartman yn y bar. Pwy arall oedd yno ac, yn allweddol, rhaid holi'r barman Bill Jones. Yn olaf, cefndir Dafydd Hartman. Y fersiwn swyddogol gawn ni yn Abertawe, ond dwi am i ti gael gafael ar yr hanes answyddogol, yr ochr dywyll.'

10

Y FFAITH GYNTAF A gafwyd yn mhractis Hartman Lonsgspear oedd nad oedd Mr Longspear yn bodoli ac na fu erioed y fath berson. Creadigaeth Dafydd Hartman oedd yr enw – rhoi enw dwbl ar y cwmni i gyfleu delwedd o bŵer a statws. Yr ail brif bartner, Adam Keene, drosglwyddodd yr wybodaeth wrth iddo groesawu Gareth a Teri. Roedd Keene yn fêl i gyd, yn trefnu coffi ac yn pwysleisio'i awydd i gynorthwyo'r ymchwiliad. Serch hynny, roedd rhywbeth ffals am y wên barhaus ac roedd yr ysgwyd llaw yn llipa. Gwisgai iwnifform arferol bargyfreithiwr – siwt las tywyll, crys gwyn, tei streip. Roedd ei swyddfa hefyd yn nodweddiadol – desg dderw gyda chadeiriau metel a lledr o'i chwmpas. Sylwodd Gareth ar y rhes o dystysgrifau ar y wal gyferbyn, oedd yn dangos i Adam Keene astudio yng Ngholeg Crist, Caergrawnt, a'i fod yn gwnsler y frenhines.

Sipiodd Keene ei goffi cyn cychwyn yn llyfn, 'Roedd yr adroddiadau cynnar yn sôn am farwolaeth amheus, ond nawr llofruddiaeth. Ydych chi'n hollol sicr?'

Gareth atebodd. 'Ydyn, yn hollol sicr, ac i Mr Hartman gael ei fygu. Beth yw'ch ymateb chi i'r newyddion, fel rhywun oedd yn ei adnabod yn dda?'

'Wel, syndod, yn naturiol. Mae'n golled enfawr i mi, fel cyd-weithiwr ac fel ffrind. Dafydd yn fwy na neb oedd yn gyfrifol am enw da'r practis.'

'Pryd oedd y tro diwethaf i chi weld Mr Hartman?'

Gafaelodd Keene mewn dyddiadur electronig a symud bys dros y sgrin fechan. 'O, ychydig dros bythefnos yn ôl. Ro'n i ar fin ymddangos mewn achos yng Nghaer ac roedd Dafydd ar ei ffordd i'r llys sirol yn Aberystwyth. Cyfarfod byr gawson ni, i drafod dyrchafu aelod o'r staff yn bartner.'

Ymunodd Teri yn yr holi. 'Sylwoch chi ar rywbeth anghyffredin? Oedd Mr Hartman fel petai'n poeni am rywbeth, er enghraifft?'

'Na, dim byd. Anarferol iawn fyddai gweld Dafydd yn poeni, a beth bynnag, does dim pwynt poeni yn y job hyn. Paratoi'n ofalus, bod yn hyderus yn y llys a bod â ffydd yn y cleient, dyna beth sy'n bwysig.'

'Y cleient dieuog a'r euog?'

'Dewch nawr. Dylech chi o bawb wybod bod pob diffynnydd yn ddieuog hyd nes y profir yn wahanol.'

Cododd gwrid i wyneb Teri ac i osgoi ffrae

torrodd Gareth ar draws y sgwrs. 'Roedd Mr Hartman wedi amddiffyn ac erlyn troseddwyr adnabyddus dros y blynyddoedd. Oedd rhai a garcharwyd o bosib yn elynion?'

'Fe alla i ddeall pam r'ych chi'n chwilio am fotif. Mae creu gelynion yn rhan o'r job – amddiffyn ac erlyn. Ar adegau fe allai diffynnydd droi'n gas. Dro arall, r'ych chi'n llwyddo i roi person dan glo. Mae pawb yn cael eu haeddiant ond r'ych chi'n anghofio un ffactor. Roedd Dafydd yn ennill llawer mwy o achosion nag roedd e'n eu colli, ac os oes 'na elynion maen nhw'n brin iawn.' Bu saib wrth i'r bargyfreithiwr chwilio am y geiriau addas. 'Y ffeithiau 'ma am y corff, y dillad isaf, y lipstig a'r bag plastig. Dyna'r gwir?'

'Ie, i bob pwrpas. Ond shwt y'ch chi'n gwybod hynny? Mae'r heddlu wedi cadw rhai agweddau oddi wrth y wasg i leihau embaras.'

'Iris ddwedodd.'

'O, rwy'n gweld. Ddaeth Mrs Hartman i'r swyddfa?'

'Naddo. Sgwrs ffôn. Ar hyn o bryd, mae Iris yn aros yn y tŷ. Roedd hi am wybod a oedd modd atal y straeon yn y wasg. Mae'n rhy hwyr, wrth gwrs.'

'Pa mor fanwl oedd disgrifiad Mrs Hartman o'r corff?'

'Sori, alla i ddim gweld beth yw arwyddocâd y cwestiwn.'

'Mae achos y farwolaeth wedi'i ddatgelu i'r wasg. Ond wnaethon ni ddim datgelu'r wybodaeth am y bag plastig. Oedd y ffeithiau am y bag a'r dillad yn sioc i chi?'

Pylodd y wên a rhythodd Adam Keene ar Gareth fel petai'n edrych ar ddyn gwallgof. 'Beth? Wrth gwrs fod y cyfan yn sioc aruthrol! Roedd y newyddion gan Iris yn gwbl bisâr.'

'Ac yn annisgwyl, o ystyried cymeriad Hartman? Mewn ymchwiliad i lofruddiaeth, Mr Keene, rhaid i ni ystyried yr holl bosibiliadau. Roedd gan Hartman gefndir lliwgar. Fe wnaeth ei wraig gyfeirio at sawl helynt ac o leiaf un affêr.'

Roedd dicter ar wyneb y bargyfreithiwr erbyn hyn. 'Ymestyn stori, dyna drafferth Iris, dychymyg byw.'

'Felly, mae'r hanes am affêr yn gelwydd?' gofynnodd Teri.

'Dwi ddim am ddweud mwy. Mae gen i apwyntiad mewn pum munud ac mae'r sgwrs ar ben, mae'n ddrwg gen i.'

'Ar y dechrau roeddech chi'n awyddus iawn i gynorthwyo'r heddlu. Pam y newid meddwl?'

'Gwrandewch, mae'r practis wedi dioddef cyhoeddusrwydd gwael yn barod. Digon yw digon. Does gen i ddim byd pellach i'w ychwanegu.'

Gwasgodd Adam Keene fotwm ar y ddesg dderw. Ymddangosodd merch dal, denau ac ar ôl gorchymyn swta gan Keene cafodd Gareth a Teri eu harwain o'r adeilad. Cerddodd y ddau yn gyflym at y car gan frwydro'n erbyn y gwynt a chwythai o Fae Abertawe. Roedd Gareth ar fin cychwyn y Merc pan welodd y darn papur o dan y weipar. Aeth allan i gipio'r papur, cyn dychwelyd a darllen y geiriau:

Vanessa Harris,
66 Bryn Street,
Townhill,
Abertawe.
Rhywun arall a ddioddefodd.

11

R OEDD Y TRAFFIG YN drwm a bu raid i Gareth
ddibynnu ar ewyllys da gyrrwr arall i ymuno â llif
y ceir gerllaw'r Ganolfan Ddinesig. Dechreuodd
fwrw, yn ysgafn i gychwyn, diferion yn taro sgrin
y car, ac yna glaw go iawn. Am rai munudau
rhoddodd Gareth ei holl sylw i'r gyrru ac roedd
Teri'n syllu'n wag ar y cerddwyr ar y palmant yn
ceisio cysgodi rhag y gawod. Roedd golwg dlawd
ar y lle, llawer o'r siopau'n wag a'r rheiny oedd
ar agor yn gwerthu nwyddau rhad. Dinas hollol
wahanol i Gaerdydd, dinas ei magwraeth.

Daeth y Merc i stop ac ochneidiodd Gareth
wrth weld y gwaith ffordd ryw wyth car o'i
flaen. 'Mae'r holl ailadeiladu 'ma'n felltith yn
Abertawe. Mae'r cynllunwyr wedi gwneud mwy
o niwed i'r dre na bomiau'r Almaenwyr yn yr Ail
Ryfel Byd.'

'Ti'n gyfarwydd â'r lle?'

'Ro'n i'n arfer ymweld yn aml yn blentyn,
ac wedyn yn fachgen ifanc o Ddyffryn Aman.
Roedd popeth yn fwy llewyrchus yr adeg hynny.
Ro'n i'n arfer dod yma ar nos Sadwrn gyda'r
bois.'

Gwenodd Teri. Allai hi ddim dychmygu ei bòs
fel clybiwr. 'Nosweithiau gwyllt?'

'Weithiau. Roedd gan Abertawe'r enw o fod yn lle peryglus ac roedd y bownsars yn waeth na neb. Un gair, neu unrhyw argoel o ffeit, ro't ti mas ar dy ben. Doedd dim amdani wedyn ond symud i'r clwb nesaf. Beth o't ti'n feddwl o Adam Keene?'

'Rhy *smooth*, rhy hoff ohono'i hunan. Digon croesawgar i ddechrau, yn barod i helpu ac yna, wedi i ti holi am y garwriaeth, fe newidiodd ei gân a dangos y drws i ni. Roedd e'n cuddio rhywbeth.'

'Dwi'n cytuno. Er yr holl sglein a'r swyddfa grand roedd 'na ddrewdod ym mhractis Hartman Longspear. Gobeithio bydd y Vanessa Harris 'ma'n fwy parod na Keene i daflu goleuni ar yr holl fusnes. Pwy adawodd y neges ar y car, tybed?'

O dipyn i beth symudodd y ceir yn eu blaenau, ac o'r diwedd pasiodd y Merc y gwaith ffordd a llwyddodd Gareth i godi sbid. Trodd i'r chwith, gadael ffyrdd prysur y ddinas a dechrau dringo i gyfeiriad Townhill. Roedd gwyrddni a choed yma a thraw ond stryd ar ôl stryd o dai cyngor hefyd, yn arwain fel neidr i fyny'r bryn, a rhai o'r tai fel dant pwdr mewn rhes, yn dlawd a di-raen. Syrthiai'r glaw yn drwm erbyn hyn, ac wrth iddynt ddringo'n uwch cryfhaodd y gwynt.

Roedd Teri'n craffu i ddarllen enwau'r strydoedd ac o'r diwedd gwelodd yr arwydd am Bryn Street. Roedd hyd yn oed mwy o broblem gyda rhifau'r tai a bu'n rhaid gyrru ar hyd y stryd sawl gwaith cyn dod o hyd i rif chwe deg chwech ar y postyn gât. Roedd yr ardd yn tyfu'n wyllt, a llwyni bron yn cuddio'r llwybr at y drws ffrynt. Curodd Gareth yn galed ar y drws ond yn ofer, ac aeth Teri rownd ochr y tŷ. Roedd mwy o lanast yn yr ardd gefn – sgerbwd sied yn y pen pellaf, sachau sbwriel ym mhob man a sleid plentyn ar ei hyd ar sgwaryn o chwyn a fu unwaith yn lawnt. Mentrodd sefyll ar olion mainc bren i edrych i mewn i'r gegin a gweld yr un diffyg gofal y tu mewn – caniau bwyd ar y bwrdd a thomen o lestri brwnt yn y sinc.

Dychwelodd at y drws ffrynt lle roedd Gareth yn ceisio cysgodi. 'Sdim golwg o un enaid byw.'

Roedd y ddau ar fin mynd i mewn i'r car pan ddaeth menyw ganol oed atynt. 'Os y'ch chi am gael gafael ar Vanessa, y Jumping Jack yw'r lle gorau. Mae'n treulio mwy o amser yn y pyb nag yn y tŷ.'

Diolchodd Gareth iddi, ac wedi derbyn cyfarwyddiadau trodd y Merc yn ei ôl a chychwyn y siwrne i lawr y rhiw. Roedd y ddau'n falch o gysgod y car ac wrth agosáu eto at y ddinas gofynnodd Teri, 'Jumping Jack? Enw od ar dafarn.'

'Swansea Jacks yw'r enw ar bobl y ddinas. Labradôr oedd Jack wnaeth achub dros ugain o'r harbwr ac afon Tawe. Fwy na thebyg 'na shwt gafodd y dafarn yr enw, rhyw gysylltiad falle â Jack yn neidio i'r dŵr.'

Adeilad o'r chwedegau o frics coch a ffenestri metel oedd y Jumping Jack. Roedd angen cot o baent arno a'r arwydd yn dangos yr enwog labradôr wedi treulio ac yn gwichian yn y gwynt. Gwthiodd Gareth y drws a chamodd y ddau i'r bar. Roedd cyflwr y tu mewn yn waeth na'r tu allan – carped gludiog, y muriau'n wyrdd tywyll a'r dodrefn wedi gweld dyddiau gwell. Trodd yr ychydig yfwyr oedd yno i syllu ar Gareth a Teri a syrthiodd blanced o ddistawrwydd dros y lle. Cododd Gareth win gwyn a hanner o lager ac ar ôl derbyn y ddiod gofynnodd i'r ddynes oedd yn gweini, 'Ydy Vanessa Harris yma?' Pwyntiodd honno at gornel pellaf y bar.

Roedd ychydig o harddwch ei hieuenctid ar Vanessa Harris o hyd. Roedd esgyrn ei hwyneb yn gryf, y gwallt yn dal yn euraidd a'r llygaid yr un mor las. Ond roedd yr edrychiad yn wag, y bochau'n bantiog a'r corff mor denau â brwynen. Gwisgai hen siaced denim, siwmper lwyd, jîns a phâr o dreinars.

Gofynnodd Gareth yr un cwestiwn eto. 'Vanessa Harris?'

'Pwy sy'n gofyn?'

'Insbector Gareth Prior a'r Ditectif Gwnstabl Teri Owen, Heddlu Dyfed-Powys.'

'O'n i'n meddwl byddech chi'n dod i sniffian.' Estynnodd at y gwydr gwag o'i blaen, ei godi'n grynedig a gorchymyn, 'Peint o Snakebite a blac.'

Treuliodd Vanessa Harris bum munud dda yn yfed ei pheint heb ddweud gair. Chwaraeai â'i gwallt yn ddi-stop ac roedd rhyw egni nerfus ynddi. Edrychodd i'r dde ac i'r chwith ac o weld fod yr yfwyr eraill yn ddigon pell, gofynnodd mewn llais isel, 'Be chi isie gwbod?'

Dewisodd Teri ei geiriau'n ofalus. 'Am eich perthynas chi a Dafydd Hartman?'

'Perthynas? 'Na jôc! Bues i'n ddigon twp i gredu bod 'na berthynas unwaith, digon twp i gredu y byddai'r cyfan yn gallu bod yn fwy nag ambell noson mewn gwesty. Cofiwch, roedd e'n ddigon caredig ar y dechrau – dillad, persawr, unrhyw beth, Vanessa. Dim ond y gorau i ti. A beth oedd e moyn? Yr un peth mae pob dyn moyn. Cael ei drin yn *sbesial*, chi'n deall? "Dere nawr, Van, mae Dafydd wedi bod yn fachgen drwg a rhaid iddo fe gael ei gosbi." Stwff fel 'na.'

'Oedd e'n gas? Yn gorfforol?'

'Wel, roedd e wastad yn gwneud yn siŵr na fyddai Mrs Vanessa Harris yn cyrraedd y swyddfa yn gleisiau i gyd, on'd oedd e?'

'Chi'n briod felly?'

'Ro'n i ar un adeg, mewn glân briodas, gyda'r dyn mwya ffyddlon a diflas yn Abertawe. Gyda Trefor druan, oedd yn addoli Vanessa, ond doedd cael ei haddoli ddim yn ddigon i Vanessa. Roedd hi isie mwy, isie bywyd cyffrous, isie'r cyfan ac wedyn... colli'r cyfan.'

'Pryd ddaeth eich perthynas chi a Hartman i ben?'

'Ddwy flynedd yn ôl. Roedd hi, Mrs Iris Hartman, wedi clywed am yr hanci panci. A *hi* oedd yn rheoli. Os oedd Iris yn codi bys bach roedd Dafydd yn dilyn fel ci bach ufudd. Ces i'r sac ac fe wnaeth Iris yn siŵr na fyddai unrhyw swyddfa yn Abertawe yn fy nghyflogi i wedyn. Hen ast! Ond drychwch arna i heddi, yn byw mewn dymp ac yn begian ffags a cwrw gan *wasters* y Jumping Jack.'

Yna, gofynnodd Gareth, 'Ble oeddech chi nos Fawrth, y chweched o Hydref, y noson y lladdwyd Mr Hartman?'

'Fan hyn. Dyma ble ydw i bob nos.'

Cododd y ddau ond wrth i Teri symud at ddrws y dafarn, trodd ar ei sawdl. 'Roedd sleid blastig yn yr ardd gefn. Oes plant gyda chi?'

Fflachiodd y llygaid glas mewn dicter. '*Roedd* gen i blentyn. Mae Ben yn byw gyda'i dad nawr a bydda i'n ei weld e wrth gatiau'r ysgol, o bell.'

Ymdrechodd Vanessa Harris i guddio'i hwyneb drwy gymryd dracht o'r cwrw, ond methodd â chuddio'i dagrau.

12

Y<small>N</small> Ô<small>L</small> Y<small>N</small> Y<small>STAFELL</small> bwyllgor swyddfa'r heddlu yn Aberystwyth, adroddodd Gareth am yr ymweliadau yn Abertawe – cael eu taflu allan, fwy neu lai, o swyddfa Hartman Longspear ac yna'r sgwrs gyda Vanessa Harris.

'Ti'n meddwl fod ganddi unrhyw gysylltiad â'r llofruddiaeth?' holodd Clive.

'Na. Yn y dafarn mae hi bob nos a'r yfwyr eraill yn cadarnhau'r alibi. Yn gynharach eleni cafwyd Vanessa Harris yn euog o ddelio mewn cyffuriau. Gwerthu er mwyn cynnal ei ffics nesaf. Llwyddodd i osgoi carchar ar sail addewid i fynd ar gwrs *rehab*. Hyd yn hyn mae wedi llwyddo. Serch hynny, mae wedi colli'r cyfan – swydd, cartref, ei mab, Ben. Llond cart o gasineb ynddi tuag at Dafydd Hartman. Mae'n ddigon posib fod ganddi'r awydd i ladd ei chyn-gariad ond ar sail yr hyn welon ni, prin fod ganddi'r nerth. Clive, dy dro di. Dechrau gyda'r gwesty.'

'Iawn. *Mae* 'na lwybr tân ar hyd grisiau cefn at goridor stafell tri deg saith a modd felly i rywun fynd yno heb gael ei weld. Roedd y Seabank yn weddol wag ar noson y llofruddiaeth ond roedd gwestai'n aros yn un o'r stafelloedd cyfagos.

Gwyddonydd o Lundain oedd e, wedi dod i ddarlithio mewn cynhadledd yn y brifysgol. Mae e'n cofio pasio Hartman ar y coridor am ddeg o'r gloch – ar ei ben ei hun. Mae e'n sicr o'r amser gan iddo alw ei wraig ar ei ffôn symudol ac mae'r cwmni ffôn – Topline – wedi cadarnhau'r alwad a'r amser. Roedd y dyn yn meddwl iddo glywed drws yn agor a chau yn nes ymlaen ond all e ddim bod yn siŵr. Gadawodd yn gynnar bore wedyn am y campws, a dychwelyd yn syth i Lundain, heb wybod am y llofruddiaeth tan i fi gysylltu. Roedd pobol yn mynd i mewn ac allan o'r bar ond neb wedi sylwi'n arbennig ar Hartman. Mae'r barman, Bill Jones, yn dod yn ôl o'i wyliau ddiwedd yr wythnos.'

Ystyriodd Gareth y ffeithiau. 'Gwell syniad o'r amser felly, a'r posibilrwydd i ddrws y stafell gael ei agor a'i gau rywbryd ar ôl deg, naill ai gan Hartman ei hun neu'r llofrudd. Iawn, Clive, beth am y gwir am Mr Hartman?'

Pasiodd Clive ffeil i Gareth a Teri, gostwng y golau a gwasgu botwm ar beiriant ar y bwrdd. Ymddangosodd llun o'r bargyfreithiwr ar y sgrin o'u blaenau. Roedd yn gwenu, gan ddangos rhes o ddannedd gwyn, ac roedd bwlch amlwg rhwng y ddau ddant canol. Roedd y llun yn bortread o lwyddiant a hyder – unigolyn pwysig at eich gwasanaeth, am bris. Eisteddai wrth ddesg hynod o debyg i ddesg ei gyfaill Adam Keene. Gwisgai'r un iwnifform hefyd – siwt dywyll, tei yr un fath â'i gyd-bartner ond y crys yn las golau. Ar y wal y tu ôl iddo roedd silffoedd yn llawn cyfrolau cyfreithiol swmpus. O edrych yn ofalus roedd ffoto i'w weld ar y ddesg, llun o Dafydd ac Iris Hartman a'r ddwy ferch fach benfelen. Roedd y neges yn glir – dyma fi ar ben fy nigon.

Cychwynnodd Clive. 'Ganed Dafydd Hartman yn Llanelli, ym mis Medi 1972, unig blentyn Roger a Sybil Hartman. Roedd y tad yn rheolwr yng ngwaith dur Trostre a'r fam yn gweithio fel nyrs. Addysg yn Ysgol Gyfun y Strade, Coleg y Brifysgol, Aberystwyth, i astudio'r gyfraith ac yna i Goleg Crist, Caergrawnt, am radd uwch. Cyfarfod Adam Keene yn y coleg, myfyrwyr disglair, a'r ddau'n ennill gradd dosbarth cyntaf. Hartman a Keene yn cael eu hyfforddi fel bargyfreithwyr ac yn dod yn QCs yn 2002, gyda'r ifancaf yng Nghymru.

'Y ddau yn sefydlu'r practis yn 2006. Yn 2007 roedd Hartman yn amddiffyn Rick Richards, bachgen ifanc wedi'i gyhuddo o ymosod ar reolwr clwb nos Badaboum yn Abertawe. Gwelodd Hartman fod tystiolaeth yr heddlu'n anghyson a llwyddo i brofi i nifer o blismyn ddweud celwydd. Ar sail hyn cafwyd Richards yn ddieuog. Aeth Hartman Longspear o nerth i nerth a'r cwmni'n ennill enw da am amddiffyn ac erlyn.'

Gofynnodd Gareth, 'Ac oedd 'na unigolion fyddai'n dal dig neu eisiau dial?'

'Cafodd un achos llynedd gyhoeddusrwydd mawr. O flaen ei well roedd Bai Chang, dyn oedd yn rhedeg sawl bwyty Tsieineaidd yng Nghaerdydd. Ond dim ond ffrynt oedd y bwytai ac roedd Chang yn ennill ffortiwn yn mewnforio gweithwyr anghyfreithlon a golchi arian brwnt. Roedd Chang wedi cyflogi bargyfreithwyr o Lundain, ac roedd nifer o'r gweithwyr wedi cael eu bygwth ac felly, doedd neb yn fodlon siarad. Llwyddodd Dafydd Hartman i berswadio un ferch ifanc o Fietnam i ddod i'r llys, ac ar sail ei thystiolaeth hi a chofnodion ariannol cafwyd Chang yn euog. Ar derfyn yr achos gwaeddodd Chang ar Hartman, "You are dead, Hartman. My men will find you." Derbyniodd Chang ddedfryd o bymtheg mlynedd ac ar hyn o bryd mae yng ngharchar Oakwood ger Wolverhampton. Dri mis ar ôl yr achos cafwyd y ferch o Fietnam yn farw.'

'Diolch, Clive. Gwaith da.'

'Un ffaith arall. Mae Iris Hartman yn dod o deulu cefnog a'i harian hi wnaeth sefydlu'r practis.'

'O, reit, diddorol. Y camau nesaf 'te. Teri

i ddilyn trywydd Iris Hartman. Clive i arwain
ymholiadau o ddrws i ddrws yn y tai o gwmpas
y Seabank, ac fe af i i garchar Oakwood i holi Bai
Chang.'

13

Roedd y siwrnai ar draws gwlad tuag at Amwythig yn braf, a harddwch lliwiau'r hydref ar y coed yn tawelu rhywfaint ar ofidiau Gareth. Derbyniodd alwad oddi wrth y Prif Gwnstabl cyn gadael Aberystwyth ac roedd cwynion Dilwyn Vaughan yn dal i losgi yn ei glustiau. Beth oedd y rheswm am yr oedi? Oedd y tîm yn agosach at ddatrys y dirgelwch? Digon hawdd iddo fe rwgnach, meddyliodd Gareth, ac yntau'n bell o blismona dydd i ddydd yn y pencadlys moethus yng Nghaerfyrddin.

Gadawodd yr M54, troi am Cannock ac ymhen rhyw bum milltir daeth at yr arwydd am HMP Oakwood. Carchar yn cael ei redeg gan gwmni preifat oedd y lle, yn dal mil a chwe chant o droseddwyr. Er nad oedd y carcharorion yn y categori mwyaf peryglus, roedd Oakwood wedi cael ei feirniadu am lefel uchel o drais. Llywiodd y Merc i faes parcio'r ymwelwyr a cherdded at y drws enfawr o dan lygaid y camerâu diogelwch. Gallech gamgymryd yr adeilad enfawr gwyn am ffatri fodern ac mewn gwirionedd dyna oedd y lle – ffatri'n prosesu drwgweithredwyr a'u gwneud yn ddinasyddion gwell.

Roedd wedi trefnu i gwrdd ag Ian Nichols, un

o'r isreolwyr, ac fe'i hebryngwyd i swyddfa yn edrych allan ar y dreif a'r maes parcio. Roedd Gareth yn falch o'r coffi ac ar ôl rhyw fân siarad dywedodd Nichols, 'Rydych chi wedi dod i weld Bai Chang, yn ôl yr wybodaeth sydd o 'mlaen i fan hyn. Fe fyddwch chi'n deall bod yn rhaid i fi holi pam.'

'Wrth gwrs.' Esboniodd Gareth y rheswm am yr ymweliad gan barhau: 'Ar hyn o bryd r'yn ni'n dilyn sawl trywydd a allai arwain at y llofrudd. Yn 2014 Dafydd Hartman oedd y bargyfreithiwr oedd yn erlyn Chang a fe yn anad neb oedd yn gyfrifol am y ddedfryd euog. Ar derfyn yr achos fe wnaeth Chang fygwth lladd Hartman. Shwt garcharor yw e?'

Agorodd Nichols y cyfrifiadur ar ei ddesg a symud y llygoden i ddatgelu tudalen newydd. 'Ar wahân i un digwyddiad yn gynharach eleni, mae ei ymddygiad yn dda. Serch hynny, roedd y digwyddiad hwnnw'n un difrifol a chafodd ei gyfyngu i'w gell am gyfnod, gan golli breintiau fel defnyddio'r llyfrgell a'r gampfa.'

'Beth oedd natur y digwyddiad?'

'Carcharor wedi ei alw'n "Slit-eyed Chink" neu rywbeth tebyg. Poethodd y ddadl a throi'n ffeit. Llwyddodd Chang i dorri braich y llall cyn i'r swyddogion atal yr ymladd.'

'Dyn treisgar felly?'

'Dyn byr ei dymer ac mae'r swyddogion wedi dysgu i gadw llygad barcud arno. Os yw e'n cael llonydd, r'yn ni'n cael llonydd. Mae'r rhan fwyaf o'r carcharorion yn gwneud ffrindiau â'i gilydd, ond nid Chang. Mae'n mwynhau bod ar ei ben ei hun a ddim yn cymysgu rhyw lawer. Mae'n cadw draw oddi wrth y Tsieineaid eraill hyd yn oed.'

'Fydd e'n cael ymwelwyr weithiau?'

'Mae dau'n dod yn rheolaidd, ond y ddau ar wahân – dyn sy'n disgrifio'i hun fel *business associate* a dynes ifanc. Mae'r ddau'n drewi o arian ac yn cyrraedd mewn ceir drud, y dyn mewn Jaguar a hi mewn Lexus. Ond does yma byth deulu, sy'n anghyffredin.'

'A fyddai'n bosib i Chang basio neges i orchymyn y llofruddiaeth?'

'Wel, mae'r cyfnodau ymweld yn cael eu monitro ond mae agos at hanner cant yn y ganolfan i gyd. Mae'n amhosib i'r swyddogion glywed pob gair a beth bynnag, mae'n hollol bosib i'r carcharor ddefnyddio cod. Mae hynny wedi digwydd yn y gorffennol.'

Ar ôl iddo nodi enwau a chyfeiriadau'r ymwelwyr daeth y sgwrs i ben, ac fe arweiniwyd Gareth ar hyd coridor hir yng nghwmni gwarchodwr. Datgloi a chloi cyfres o ddrysau wedyn, a dod yn y diwedd at stafell fechan. Roedd y lle'n foel, gyda bwrdd yn y canol, cadeiriau metel y naill ochr iddo a ffenest hirgul yn rhoi golygfa ddiflas o adain arall o'r carchar.

Roedd gwarchodwr yn y gornel wrth y ffenest a Bai Chang yn eistedd ar un o'r cadeiriau. Roedd yn ei dridegau cynnar, a chanddo wallt trwchus, croen llyfn a hollt o geg heb argoel o wên a llygaid du'n cuddio o dan aeliau trymion. Roedd yn fyr o gorff ond roedd y cyhyrau'n amlwg o dan y crys T llwyd. Eisteddodd Gareth yn y gadair gyferbyn ag e gan synhwyro ei fod yng nghwmni person bygythiol.

Cyflwynodd ei hun, egluro pwrpas yr ymweliad a dod yn syth at y pwynt. 'Mr Chang, ar ddiwedd eich achos yn y llys fe wnaethoch chi fygwth Dafydd Hartman. Dyma'r union eiriau: "You are dead, Hartman. My men will find you." Mae'r bygythiad wedi dod yn wir, ac mae Mr Hartman wedi cael ei ladd. Ydy hynny'n newyddion da i chi?'

Yr unig ymateb oedd smic yn y llygaid ond roedd ei wyneb mor oer â chalon y diafol. Reit, ychydig o dwyll 'te, meddyliodd Gareth. Agorodd ei lyfr nodiadau a gwneud sioe o ddarllen: 'Rydyn ni wedi cael sgwrs ddefnyddiol iawn gyda'ch partner busnes, Jiang Longwei, gan gynnwys ffeithiau diddorol am yr arfer o fynnu arian gan berchnogion bwytai.'

Sythodd y dyn a chlensio'i ddyrnau ar y bwrdd. 'A sgwrs gyda'ch ffrind, Li Meng...'

Cododd Chang yn sydyn gan gicio'r gadair o'r ffordd. Neidiodd y gwarchodwr i atal y dyn ond nid cyn iddo frathu'r geiriau, 'Ti'n llawn cachu, fel pob plisman. Fyddai Jiang a Li byth yn siarad â chi. Maen nhw'n driw ac yn gwybod am y parch sydd rhwng gwir ffrindiau.' Trodd Chang at y gwarchodwr. 'Dwi am fynd 'nôl i'r gell. Does gen i ddim i'w ddweud wrth y *gweilo*.'

Drwy gydol y daith adref sylweddolai Gareth iddo wastraffu diwrnod ac mai syniad gwallgof oedd mynd i Oakwood a thybio y gallai berswadio Bai Chang i siarad. Cyrhaeddodd swyddfa'r heddlu yn hwyr yn y prynhawn, mynd yn syth i'w swyddfa a chael Teri'n eistedd yno, yr un mor isel ei hysbryd. Roedd Iris Hartman yn gynddeiriog fod Teri wedi galw yno eto ac roedd hi'n bygwth mynd i gyfraith. Roedd y ddau ar fin rhoi'r gorau iddi pan gamodd Clive i mewn yn wên o glust i glust.

'Mae Bill Jones y barman 'nôl o'i wyliau a gwrandewch ar hyn: ar noson y llofruddiaeth roedd Dafydd Hartman yn cynnal sgwrs gyda merch ifanc yn y bar.'

'Bingo!' gwaeddodd Teri. 'Datblygiad positif o'r diwedd.'

'Roedd Jones yn amau nad oedd y ddau'n

adnabod ei gilydd. Daeth hi at y bar a thrwy ddamwain fe wnaeth Hartman daro'i diod. Ym marn Jones, nid damwain oedd hynny, ond ymgais bwriadol ar ei rhan hi.'

Goleuodd llygaid Gareth. 'Felly, y ferch gymerodd y cam cyntaf, nid Hartman? Roedd hi wedi mynd i'r Seabank ar ei phen ei hun ac yn ymddangos fel petai'n chwilio am gwmni?'

'Hei, howld on. Wnes i na Jones ddweud hynna, do fe? Ond mae un ffaith *yn* sicr – roedd hi'n mynd i'r bar yn rheolaidd. Yn eistedd yn yr un gornel yn darllen bob tro. Roedd Jones yn gweld hynny braidd yn rhyfedd – mae'r bar yn lle swnllyd, lot o fynd a dod drwy'r amser, ddim yn lle addas iawn i ddarllen llyfr.'

'Oes disgrifiad ohoni?'

'Tua phump ar hugain, taldra canolig, croen tywyll a gwallt melyn. O ie, gwisgo sbectol.'

Fel hanner y boblogaeth 'te, meddyliodd Teri. 'Beth am wisg?'

'Rhywbeth arall od. Y troeon cynt roedd hi'n ddigon parchus, mewn crys a throwsus tywyll a bŵts. Ond roedd wedi gwisgo'n wahanol ar y noson dan sylw, yn fwy mentrus – blows oedd yn cuddio lot o ddim, sgert fer, sanau tywyll a sgidiau sodlau uchel.'

O sylweddoli arwyddocâd yr wybodaeth roedd geiriau nesaf Gareth yn naturiol. 'Ond roedd y ddynes wrth ddesg y Seabank yn dweud bod Hartman wedi defnyddio'r lifft i ddychwelyd i'r stafell – ar ei ben ei hun. Ac adroddiad Angharad Annwyl yn sicr fod ail berson yn y stafell. Beth am fersiwn Bill Jones?'

'Bu'r ferch a Hartman yn siarad am dros awr ac yntau'n prynu diod, yn closio ati, dweud rhywbeth a hithe'n ysgwyd ei phen. Bron yn syth wedyn fe wnaeth Hartman godi a gadael, a'r ferch, os ydy e'n cofio'n iawn, yn dilyn rhyw bum munud wedyn.'

'Ac yn diflannu i bob pwrpas ond, rywfodd, yn ffeindio'i ffordd i stafell Hartman. Oedd gan Jones syniad o enw?'

'Na.'

'Felly hon, pwy bynnag yw hi, yw'r *suspect*. Iawn, rhaid gweithredu'n gyflym. Yn gyntaf dewch â Bill Jones i'r orsaf i gynhyrchu *photofit*. Yn ail, dosbarthu'r llun i'r wasg ac yn drydydd, gwneud apêl gyffredinol i'r cyhoedd. Clive, cysyllta eto â'r gwyddonydd yn Llundain oedd yn aros mewn stafell ar yr un llawr, a danfon copi o'r *photofit* ato.'

14

'Ti AM DDOD MAS am ddrinc heno?' gofynnodd Lisa. 'Mae criw ohonon ni'n meddwl trio'r bar coctels newydd wrth Graig Glais. Mae'r Vodka Slammers yn lysh, yn ôl y sôn.'

Yn ei chyflwr presennol doedd noson yng nghwmni merched gwichlyd ddim yn apelio at Erin. 'Na, dwi ddim yn credu. Mae gen i waith i'w wneud,' atebodd.

Cododd Lisa a chroesi ati. 'Pa fath o waith?'

'Golchi, smwddio, glanhau.'

'Dere. All y golch a'r dwst aros tan fory. Ti'n aros gormod yn y tŷ ac wedi mynd i edrych yn welw. Bydd noson mas yn neud byd o les i ti.'

Y tu mewn iddi roedd llais yn sgrechian 'meindia dy fusnes!' ond brathodd ei thafod. 'Ti'n iawn. Dwi ddim yn teimlo'n sbesial, têc-awe neithiwr, dwi'n credu. Cer di. Mae Marcus bant, a neb i dy weld di'n gadael yn gynnar.'

Doedd dim angen perswâd ar Lisa. Byddai'r hanner awr ychwanegol yn rhoi amser iddi ruthro i brynu'r ffrog a welodd yn ystod yr awr ginio. Rhyfedd, meddyliodd, ac Erin wedi bod mor llym yn ddiweddar. O, wel... Casglodd ei bag a bachu ar y cyfle. 'Grêt, ti'n ffrind a hanner. Wela i di.'

Tawelwch. Diolch i'r drefn, tawelwch. Rhoddodd ei sylw i'r geiriau ar y sgrin a chywiro'r sillafu am y trydydd tro. Doedd hi ddim am roi esgus pellach i Marcus gwyno. Gwasgodd fotwm i lwytho rhan nesaf y rhaglen a cheisio canolbwyntio ar gyfres o luniau. Roedd yn casáu gwefannau oedd yn defnyddio merched i werthu a hyrwyddo, ond ateb Marcus bob tro oedd taw nhw yw'r cwsmer a nhw sy'n talu. Syllodd yn wag ar y fideo o'r ddynes mewn sgert gwta ac mewn hanner breuddwyd, hanner hunllef, gwelodd eto yr wyneb glas-borffor a'r tafod ffiaidd. Ysgydwodd ei phen i waredu'r ddelwedd o'i meddwl ac ymdrechu i dawelu ei nerfau.

Ers y lladd, bu'n byw mewn dau fyd – byd positif o obaith a byd negyddol yn llwythog o ofidiau. Yn y byd cyntaf roedd ei gweithred yn gyfiawn a'r dial yn felys. Roedd y diawl wedi'i threisio ac roedd yn sicr y byddai ei esboniad rhwydd yn y llys a geiriau llithrig ei gwnsler yn ennill y dydd iddo. Byddai'n pardduo ei chymeriad ac mewn tref fach fel hon byddai'r clonc a'r clegar amdani'n boeth.

Yn yr ail fyd fe'i llethwyd gan ansicrwydd. Prin y gallai gredu ei bod wedi llofruddio. Onid oedd llofruddio'n waeth na threisio? Onid oedd hi wedi suddo'n is na Hartman? Beth am ei wraig a'i ddwy ferch? Er iddi osgoi darllen gair amdanynt roedd y ddwy fach ddiniwed wedi'u serio ar ei meddwl.

Neidiodd wrth glywed clec. Taflodd olwg ofnus dros ei hysgwydd a gweld mai'r gofalwr oedd yno. Roedd hanner awr wedi mynd heibio a hithau heb wneud strôc o waith. Dywedodd y gofalwr rywbeth am glirio a chloi'r swyddfa ond roedd ei lais yn ddieithr ac yn swnio'n bell. Bu raid i'r dyn ailadrodd ei gais cyn iddi ddeall yn iawn, gwisgo'i pharca a throi am adref.

Parciodd y car ar y dreif a chroesi'n gyflym at ddrws y tŷ. Roedd ar fin rhoi'r allwedd yn y clo pan glywodd lais Eiddwen Parry, ei chymdoges. Doedd Erin ddim yn hoff o'r ddynes oherwydd ei pharodrwydd i fusnesa a sbecian ar holl fynd a dod y stad.

'Parsel i chi, Erin. Galwodd fan prynhawn 'ma. Fydd hi ddim gartref tan chwech, wedes i – 'na pryd chi'n cyrraedd adre bob nos, ond te fe, bach?' Swmpodd Eiddwen Parry y parsel yn ei dwylo. 'Parsel oddi wrth gwmni dillad. Cot newydd at y gaeaf, weden i, ife, bach?'

'Diolch, Miss Parry.'

'Unrhyw bryd, bach.' Ceisiodd Erin gerdded i ffwrdd ond doedd Eiddwen Parry ddim wedi gorffen. 'Os ca i weud, chi braidd yn welw. Sdim byd yn bod, oes e, bach?'

Blydi hel, pam oedd raid i bawb ddweud ei

bod hi'n edrych yn welw? Atebodd yn swta, 'Stumog tost.'

'Moddion Mam i stumog tost bob tro oedd dos o *salts* ac awyr iach. Digonedd o awyr iach. Dylech chi fynd mas mwy, Erin. Ond gyda'r awr yn troi bydd hi'n nosi'n gynt a neb isie cerdded yn y tywyllwch. Sdim un man yn saff dyddie hyn. Ddarllenoch chi am y dyn 'na yn y Seabank?'

Heb air arall, cipiodd Erin y parsel o ddwylo Eiddwen Parry gan adael honno'n rhythu'n gegagored ar ei hôl.

Paratôdd wy wedi'i sgramblo i swper a'i gorfodi ei hun i fwyta. Gwnaeth baned, cynnau'r tân nwy a gorwedd ar y soffa i wylio *Downton Abbey* ar y DVD. Ar ôl dwy bennod, serch hynny, newidiodd i wylio rhaglen goginio ar y teledu ond roedd y newyddion heb orffen. Yr un stwff digalon oedd ar hwnnw eto – ffatri'n cau, damwain ddifrifol, gwleidydd yn addo'r byd ac yna, aeth teimlad iasol drwyddi wrth wrando ar yr eitem nesaf:

'Mae Heddlu Dyfed-Powys wedi rhyddhau manylion a llun o berson allai fod o gymorth ynglŷn â llofruddiaeth Mr Dafydd Hartman yng ngwesty'r Seabank yn Aberystwyth ar nos Fawrth, y chweched o Hydref. Mae'r ferch tua phump ar hugain, taldra canolig, croen tywyll, gwallt melyn ac yn gwisgo sbectol. Dyma'r rhif i'w ffonio...'

Syllodd ar yr wyneb fel petai'n rhagweld ei dinistr ei hun. Diflannodd y llun o'r sgrin yn gyflym, yn llawer rhy gyflym. Rhaid gweld pa mor debyg iddi oedd y *photofit*, rhaid gweld a oedd modd ei hadnabod, rhaid gweld. Cofiodd am yr iPad, aeth ar wefan y BBC a dyna lle roedd hi, yn syllu arni hi ei hun. Dechreuodd grynu, gan ildio i banig llwyr. Anadlodd yn ddwfn a thrwy ymdrech enfawr llwyddodd i'w rheoli ei hun. Doedd y llun yn ddim byd tebyg iddi ac roedd ei chynllunio manwl yn sicrhau na fyddai neb yn ei drwgdybio.

Cofiodd yn sydyn am y wìg, y dillad a'r nwyddau yn y sach ddu ar waelod y wardrob. Rhaid cael gwared ar bopeth ar unwaith, ond sut? Tân yn yr hances boced o ardd gefn? Na. Byddai Eiddwen drws nesaf yn siŵr o gwyno am y mwg. Rhoi'r sach gyda gweddill y sbwriel? Na. Gormod o risg ac roedd bron wythnos tan y casgliad nesaf. Mewn fflach daeth y weledigaeth – y dymp. Ie, y dymp oedd yr ateb.

Ar ôl noson ddi-gwsg, cododd Erin yn gynnar a mynd yn syth i'r gwaith. Gan frwydro yn erbyn pob greddf gorfododd ei hun i aros tan ddiwedd y prynhawn cyn gyrru i'r dymp, gan ymresymu y byddai golau pŵl y gwyll yn lleihau'r siawns iddi gael ei gweld a'i chofio. Trwy lwc roedd y glaw ysgafn o'i phlaid. Yn fwriadol, ni chyfarchodd y bachgen ifanc a'i cyfeiriodd i'r sgip sbwriel tŷ. Roedd ganddi ddwy sach – byddai un yn ymddangos yn od. Cododd y sach gyntaf o'r bŵt a'i thaflu i'r sgip, ac wrth iddi estyn am yr ail gwelodd fod y bachgen ifanc wrth ei hymyl.

'Alla i helpu?'

Gyda'i chalon yn curo fel gordd, llwyddodd i ateb, 'Na, mae'n iawn, diolch. Dim byd trwm.'

Gwenodd y bachgen a gwenodd hithau'n ôl.

15

Doedd dim ffeithiau newydd gan y gwyddonydd o Lundain, ond yn sgil yr apêl a'r datganiad i'r wasg cafwyd fflyd o alwadau yn swyddfa'r heddlu. Roedd rhywun wedi gweld y ferch â'r gwallt melyn yn y Llyfrgell Genedlaethol, ail berson yn bendant mai athrawes mewn ysgol gyfagos oedd hi, a thrydydd yn taeru iddo siarad â'r ferch ar y trên i Fachynlleth. Roedd y galwadau'n ddi-stop, pob un yn wastraff amser ac wedi arwain i nunlle.

Eisteddai'r tri ditectif yng nghantîn yr orsaf, yn falch o gael hoe. Gwyddai'r tri fod ateb y galwadau wedi arafu'r ymchwiliad. Daeth Tom Daniel, y sarjant a ofalai am dderbynfa'r orsaf, atynt.

'Gareth, mae rhywun wrth y ddesg yn awyddus i siarad â ti. Mae'n dweud bod gyda fe wybodaeth am y llofruddiaeth.'

'Plis, Tom, nytar arall, un o'r degau sy'n dweud, â llaw ar eu calon, fod y ferch yn byw drws nesa, neu'n debyg i'r fenyw sy'n gweithio wrth y cownter cig yn Tesco.'

'Ara bach, nawr, Gareth, dwi'n nabod y dyn ers blynyddoedd. Dewi Lloyd, ffarmwr wedi ymddeol o Ddyffryn Aeron. Collodd ei wraig yn

75

gynharach eleni a nawr mae e'n byw ar ei ben ei
hun yn y dre.'

Llyncodd Gareth weddill ei goffi a dilyn y
sarjant. Roedd Dewi Lloyd yn eistedd ar fainc yn y
cyntedd, a chi defaid wrth ei ochr. Barnai Gareth
ei fod yn ei saithdegau hwyr, ei lygaid tywyll yn
dal yn dreiddgar a chroen ei wyneb gonest wedi'i
losgi gan flynyddoedd o waith caled yn yr awyr
agored. Gwisgai hen siwt frethyn, a chap o'r un
defnydd. Cododd wrth i Gareth nesáu, pwyso
ar ei ffon ac estyn llaw. Gwingodd Gareth o
deimlo'r gwasgu a sylweddoli nad oedd oed nac
amser wedi effeithio ar nerth y dyn.

'Mr Lloyd, Insbector Gareth Prior. Diolch am
alw. Awn ni i'r stafell gyfweld.'

'Ydy hi'n iawn i Fly ddod?'

'Wrth gwrs, dim problem.'

Eisteddodd Dewi Lloyd yn y gadair a thaflu
golwg ar y stafell fechan. 'Dwi eriôd wedi bod
mewn lle fel hyn o'r blân. I ddweud y gwir, dwi
eriôd wedi bod mewn polîs stesion. Bihafio a
chadw draw, 'na'r ffordd ore. *Sit*, Fly!' Heb gŵyn
na chyfarthiad setlodd y ci wrth draed ei feistr.

'Ci pert, Mr Lloyd.'

'Hanner *Border Collie* a hanner ci coch Cymreig.
Yr unig wir ffrind sy 'da fi nawr. Mae anifeiliaid
yn ffyddlon, Insbector. Yn wahanol i bobol.'

Synhwyrodd Gareth fod arwyddocâd i'r geiriau

ond nid oedd am fusnesa. 'Felly, ydych chi wedi gweld y llun ac wedi adnabod y ferch?'

Syllodd Dewi Lloyd mewn penbleth. 'Na. Sa i gyda chi nawr. Pa ferch?'

'R'yn ni'n awyddus i siarad â merch ynglŷn â llofruddiaeth Dafydd Hartman yn y Seabank ac wedi rhyddhau llun i'r wasg.'

'Y, na, gwybodaeth am y car sy gyda fi.'

'Pa gar?'

'Y BMW, car y dyn gath ei ladd. Gwylio'r eitem ar y newyddion a meddwl dim am y peth. Wedyn darllen am y mwrdwr yn y *Gazette* a meddwl 'mod i wedi gweld y car yn rhywle. Dylwn i fod wedi dod yn gynt ond gwell hwyr na hwyrach.'

Ar unwaith deallodd Gareth y gallai stori'r dyn roi cyfeiriad newydd a hwb i'r ymchwiliad. 'Dechreuwch yn y dechrau, Mr Lloyd. Cymerwch eich amser.'

'Bob nos, mae Fly a finne'n cerdded y prom o un pen i'r llall. Ar y noson arbennig yma, ro'n i am weld *Ffermio* ar S4C, oherwydd roedd cyn-gymydog yn cael ei gyfweld. Felly, fe wnes i dorri'r wâc ar ei hanner, a doedd Fly ddim yn hapus. Croeson ni'r ffordd ger y Seabank a dod at gât y maes parcio. Wrth i fi sefyll ar y palmant, fe wnaeth car mawr du adael, BMW. O'n i'n mynd i gerdded ar draws y bwlch pan ddaeth car bach coch wrth gynffon y BMW, yn union fel petai'n dilyn.'

'Shwt allwch chi fod yn siŵr mai car Mr Hartman oedd e?'

'Hawdd. Roedd yr eitem ar y teledu yn dangos llun o'r car a'r rhif yn amlwg, HA44 MAN.'

'Gawsoch chi rif cofrestru yr ail gar, Mr Lloyd?'

'Sori, naddo. Roedd rhaid i Fly a finne gamu 'nôl ac erbyn i ni edrych roedd y ddynes wedi mynd.'

'Ydych chi'n siŵr mai dynes oedd yn gyrru, Mr Lloyd?'

'Berffaith siŵr. Roedd lamp wrth y gât ac yn y golau roedd hi mor blaen â chyrn hwrdd. Dynes weddol ifanc â gwallt melyn.'

'Beth am fêc y car coch?'

'Mini.'

'Ydych chi'n digwydd cofio'r amser a dyddiad y noson?'

'*Ffermio* am hanner awr wedi naw, felly'n agos at naw o'r gloch. Gallwch chi gadarnhau'r dyddiad yn hawdd drwy ffonio S4C.'

Daeth pwff o chwerthin gan Gareth. 'Byddech chi'n gwneud ditectif da, Mr Lloyd. Diolch, gwybodaeth ddefnyddiol dros ben. Un gymwynas arall – wnewch chi roi datganiad swyddogol?'

'Beth, nawr?'

'Tra bod y manylion yn ffres yn y cof. Deg munud yn unig.'

Ochneidiodd Dewi Lloyd. 'Iawn. Dere, Fly, rhaid iti aros am dy ginio.'

*

Unwaith yn rhagor safai'r tri ditectif o flaen y bwrdd ffotograffau. Rhwng y lluniau o gorff y bargyfreithiwr rhoddwyd y *photofit* o'r ferch a llun o Fini coch.

'Erbyn hyn mae mwy a mwy o dystiolaeth yn arwain at y ferch,' meddai Gareth. 'Roedd Bill Jones yn sôn amdani'n ymweld â'r gwesty yn gyson ac yn targedu Hartman i bob pwrpas. A Dewi Lloyd yn disgrifio'r un ferch.'

'Ydy'r ffermwr yn dyst dibynadwy?' gofynnodd Clive.

'Dyn digon call, gonest, ac wedi dod yma o'i wirfodd. Pam ar y ddaear fydde unrhyw un yn mynd i'r drafferth o greu stori fel 'na oni bai ei bod hi'n wir?'

'Mae e'n anghywir am gar Hartman. Audi, nid BMW, oedd car Hartman.'

'Pwynt teg, ond roedd Lloyd yn gywir am y lliw a'r rhif cofrestru.' Pwyntiodd Gareth at y *photofit*. 'Beth yw'r cysylltiad rhwng hon a Dafydd Hartman? Beth fyddai wrth wraidd y dial?'

'Beth os oedd y ferch yn gweithio i Bai Chang neu Iris Hartman? Arian y wraig sefydlodd y practis ac roedd ganddi ddigon o resymau i gasáu'i gŵr. Gweithio law yn llaw gyda Keene, falle?'

'Anodd gweld Chang yn dibynnu ar unrhyw un y tu allan i'r cylch Tsieineaidd. Roedd Mrs Hartman yn flin ond does dim prawf o berthynas rhyngddi a Keene. Er bod Dafydd Hartman ar slab yn y morg, fe fydd Iris Hartman yn dioddef cywilydd am flynyddoedd. Teri?'

'Y flaenoriaeth yw ffeindio'r ferch. Hi yw'r allwedd i'r cyfan a'r holl ffeithiau'n ein harwain i feddwl mai hi yw'r llofrudd. Rhaid lledu'r apêl a danfon copïau o'r *photofit* i'r porthladdoedd a'r meysydd awyr.'

'Cytuno. Hefyd, rhaid cysylltu â'r DVLA yn Abertawe i ddod o hyd i bob Mini coch yng Ngheredigion. Mae'r gwaith caib a rhaw yn dechrau o ddifri nawr.'

16

UN DEG TRI – dyna nifer y Minis coch oedd wedi eu cofrestru yng Ngheredigion. Rhannwyd y gwaith o gysylltu â'r perchnogion a gwelwyd nad oedd un o'r ceir yn Aberystwyth ar noson y llofruddiaeth. Yna, lledwyd yr ymchwiliad i ardaloedd eraill, a chynyddodd nifer y ceir yn gyflym. Sylweddolodd y tîm yn fuan fod y dasg yn debyg i chwilio am nodwydd mewn tas wair. Cafwyd adroddiad gan y plismyn a fu'n holi o ddrws i ddrws, a doedd neb wedi gweld Mini coch yn gadael maes parcio'r Seabank nac yn y cyffiniau ar yr adeg iawn. A na, er mawr syndod, doedd y gwesty ddim yn cadw cofnod o'r rhai oedd yn defnyddio'r maes parcio.

'Mae hyn yn anobeithiol,' cwynodd Clive. 'Oedd Lloyd yn bendant am y car a'r lliw?'

Roedd Gareth ar fin ei ateb pan ganodd y ffôn. Gwyliodd y lleill yr olwg o ryfeddod ar ei wyneb a chasglu fod yr alwad yn un bwysig. O'r diwedd ac ar ôl sawl cwestiwn daeth y sgwrs i ben. 'Angharad Annwyl o Ysbyty Bronglais. Chi'n cofio'r botel oedd yn cynnwys diod olaf Hartman? Wel, roedd cynnwys y botel wedi'i anfon i labordy yn Lerpwl am ddadansoddiad mwy manwl ac mae'r canlyniad yn dangos olion clir o Rohypnol.'

'Y cyffur *date rape*? O'n i'n meddwl bod 'na liw mewn Rohypnol erbyn hyn i atal twyll. Fyddai Hartman wedi gweld y lliw yn y ddiod?'

'Fodca a Coke oedd e, Clive. Byddai'r Coke yn cuddio'r lliw.'

Syllodd pawb ar ei gilydd ac yna mewn fflach ebychodd Teri, 'Mae hyn yn rhan o'r dial! Ni'n gwybod bod dynion yn ychwanegu Rohypnol at ddiod merched cyn treisio. Ond, yn yr achos hwn, mae'r ferch wedi troi'r byrddau ac wedi rhoi'r cyffur yn niod Hartman. Chi'n gweld? Achos ei bod hi ei hun wedi cael ei threisio. A waeth i chi heb â chwilio am adroddiad swyddogol. Fydd 'na ddim un. Mae'r ferch wedi anwybyddu'r gyfraith ac wedi gweithredu'n annibynnol. Falle nad oes ganddi ffydd yn y broses gyfreithiol, neu ei bod hi'n amheus o'r heddlu ac arni ofn y croesholi yn y llys. Ac mae ganddi ddigon o reswm i ofni, o ystyried y dyn – bargyfreithiwr a chanddo ffrindiau pwerus, a fyddai'n defnyddio pob tric brwnt i sicrhau ei fod yn ddieuog.'

'A shwt oedd y ferch yn siŵr mai Hartman oedd ei threisiwr?' holodd Gareth.

'Dim syniad, ar hyn o bryd. Ond roedd hi *yn* gwybod. Chi'n cofio beth ddwedodd y barman? Roedd y ferch yn ymwelydd cyson yn y Seabank, a'r sioe o ddymchwel y gwin er mwyn dechrau sgwrs.'

'Ond dyw hynny ddim yn dangos bod y dyn yn dreisiwr.'

'Beth am ddisgrifiad y cyn-gariad, Vanessa Harris? Rhywbeth am Dafydd wedi bod yn fachgen drwg ac am gael ei gosbi?'

O brofiad, gwyddai Clive a Gareth am duedd Teri i ruthro a ffurfio damcaniaeth ar sail simsan. Ond gwyddai'r ddau hefyd nad oedd ganddynt well theori y tro hwn. Felly, rhoddwyd mwy o bwyslais nag erioed ar ddod o hyd i'r ferch yn y bar. Cafodd Teri'r dasg o chwilio am gyhuddiadau o dreisio merched a methodd â chuddio'r fuddugoliaeth yn ei llais wrth gyhoeddi'r canlyniadau. 'Doedd dim un adroddiad o drais yn erbyn merched yn Nyfed-Powys yn ystod y chwe mis diwethaf. Ond roedd tri adroddiad yn rhanbarth Heddlu De Cymru a'r tri o gwmpas Abertawe, ardal Hartman.'

Yng nghanol yr oriau diflas o ddilyn trywydd y Minis cafwyd ail alwad ffôn. Clive atebodd ac ar ôl ychydig eiriau dywedodd, 'Glyn Morgan, rheolwr y dymp sbwriel. Mae jac codi baw yn gwagio un o'r sgips ac mae Glyn am i ni fynd draw ar unwaith.'

Roedd y dymp ar gyrion Aberystwyth. Gyrrodd Clive y Volvo i lecyn parcio y tu ôl i gaban bychan. Daeth Glyn Morgan draw a'u harwain i sgip sbwriel tŷ ym mhen pellaf yr iard.

83

'Fel sonies i ar y ffôn, wrth i'r JCB glirio hon rhwygodd un o'r sachau a dyma beth ddaeth i'r golwg.'

Pwysodd pawb dros ymyl y sgip i edrych ar y sach ddu hanner agored a gweld wìg melyn, sgert fer, sanau tywyll a phâr o sgidiau sodlau uchel.

'Glywes i'r apêl am y ferch â'r gwallt melyn a meddwl dylwn i ffonio, rhag ofn. R'yn ni'n dod ar draws pethau digon od yma o bryd i'w gilydd ond mae gweld wìg a dillad newydd yn anghyffredin, i fi beth bynnag.'

Trodd Gareth at y rheolwr. 'Oes unrhyw syniad gyda chi pryd y taflwyd y sach i'r sgip?'

'Fel arfer mae'n cymryd pum diwrnod i lenwi sgip. Roedd y sach ddu yma'n agos at y canol ddoe neu echdoe. Falle tridie.'

'Diolch, defnyddiol iawn. Does neb i gyffwrdd â'r sach tan i ni gwblhau archwiliad fforensig. Faint o bobol sy'n gweithio ar y safle?'

'Dau arall, a finne.'

'Bydd angen i ni eu holi. Beth amdanoch chi, Mr Morgan? Mae'r dillad a'r gwallt yn dal i awgrymu dynes, o bosib yn gyrru Mini coch. Ydych chi'n cofio rhywun allai ffitio'r disgrifiad?'

'Ro'n i i ffwrdd ar gwrs yn Birmingham tan heddi. Holwch y bois ar bob cyfri. Fel y gwelwch chi, mae camerâu teledu ar y safle i atal tipio anghyfreithlon ac i sicrhau diogelwch y staff. Mae croeso i chi fenthyg y tapiau.'

Ond doedd dim un o'r gweithwyr wedi gweld Mini coch, ac yn ôl yn yr orsaf dechreuwyd ar y dasg o edrych drwy'r tapiau. Dangosai'r lluniau un car ar ôl y llall yn cyrraedd a'r gyrwyr yn lluchio sachau i wahanol sgipiau, pob math o sbwriel – gwastraff gardd, metel sgrap, tuniau paent a hen offer trydanol. Roedd eraill yn twrio ac yn cario'r pethau rhyfeddaf o'r safle. Pob math o stwff a phob math o geir, ond dim un Mini coch. Ar ôl oriau o chwilio di-fudd, penderfynodd y tri roi'r ffidil yn y to.

17

DIHUNODD GARETH YN GYNNAR ac am ryw reswm, teimlai'n fwy gobeithiol am yr achos. Llyncodd frecwast cyflym a gyrru o'i fflat ger yr harbwr i swyddfa'r heddlu. Yn llonyddwch y swyddfa cydiodd yn syth yn y dasg o sgrolio drwy'r tapiau eto, gan symud ymlaen ffrâm wrth ffrâm. Yn hytrach na dilyn patrwm ddoe, gorfododd ei hun i ddadansoddi'r cyfan o safbwynt gwahanol. Fel yr awgrymodd Clive, *roedd* Dewi Lloyd wedi camgymryd car Hartman. Beth os oedd ei ddewis o gar y ferch yr un mor wallus? Car bach coch, ond nid Mini.

Llwythodd dâp newydd gan nodi fod yr amser ar y sgrin, chwarter wedi pump, yn agos at adeg cau'r safle. Bu wrthi am dros awr yn sbecian, ac yna drwy wyll a glaw mân y llun gwelodd gar coch yn troi wrth y clwydi. Mae'r car yn stopio wrth ymyl y sgip sbwriel tŷ, rhywun yn dod allan ohono, yn codi sach o'r bŵt a'i thaflu i'r sgip. Ailadrodd y weithred ond y tro hwn mae un o staff y dymp – bachgen ifanc – yn cyfarch, y person yn ymateb ac yn taflu ail sach. Mae'r unigolyn yn gwisgo parca tywyll, a hwd y dilledyn yn cuddio'r wyneb. Edrychodd ar y tâp eto, yn araf, a thrwy chwyddo'r llun gwelodd mai Fiat oedd y car a'i rif cofrestru yn glir, CV11 EXG.

O'r diwedd, meddyliodd, mae'r llofrudd o fewn ein gafael. Ffoniodd y dymp a siarad â'r bachgen welodd ar y sgrin. Rhoddodd hwnnw ddisgrifiad manwl o'r ferch â'r car coch – tua phump ar hugain oed, taldra canolig, croen golau, gwallt du wedi'i dorri'n fyr ac yn gwisgo parca. Yna, ar ôl ffonio llinell frys y DVLA cafodd enw perchennog y Fiat – Erin Clarke, Stryd Geufron, Southgate, Aberystwyth.

*

Dihunodd Erin yn gynnar ac am ryw reswm, teimlai'n fwy gobeithiol am y tro cyntaf ers amser hir. Camodd o'i gwely i daflu golwg ar dai'r stad fechan. Roedd golau mewn ambell ffenest a fan yn gyrru ar hyd y stryd i ymuno â'r ffordd fawr. Drwy ddail melyn y coed ar ffiniau'r stad gallai weld Bae Ceredigion, yr haul gwan yn rhoi gwawr euraidd i'r cymylau uwchben. Roedd y llawr yn oer o dan draed a brysiodd i gynhesrwydd y stafell ymolchi a chymryd cawod gyflym. Oedodd wrth ddewis dillad a phenderfynu yn y pen draw ar flows wen, trowsus llwyd a siwmper las.

Roedd amser ganddi i din-droi dros frecwast –

diwrnod yn rhydd o'r gwaith, diwrnod i ymlacio a mwynhau, ei diwrnod hi a neb arall. Aeth i nôl y papur newydd o'r cyntedd a dychwelyd i'r gegin i fodio'r tudalennau dros baned o goffi. Roedd straeon eraill wedi disodli hanes y llofruddiaeth erbyn hyn. Perswadiodd ei hun mai hen hanes oedd y trais a'r lladd bellach, hanes erchyll i'w gladdu a'i anghofio. Roedd blas myglyd y coffi'n dda ac wrth iddi wagio'r cwpan trodd i wasgu botwm y radio.

'Mae Heddlu De Cymru wedi cyhuddo dyn pedwar deg tri oed ar ddau gyhuddiad o dreisio yn ardal Abertawe. Enwyd y dyn fel Derek Allen ac mae ymholiadau'r heddlu yn parhau. Mae'n bosib fod Allen wedi treisio merch yn ardal Aberystwyth hefyd. Mae Heddlu Dyfed-Powys yn gofyn...'

Fferrodd Erin, a gollwng ei chwpan ar lawr. Yn y pellter clywodd sŵn seiren yn nesáu ac yna gwelodd fflach y golau glas yn sgleinio yn erbyn ffenest y gegin.

Hefyd gan yr awdur:

£7.95

£7.95

£8.95

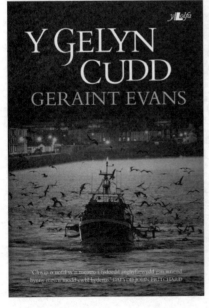

£8.95

Hefyd yn y gyfres:

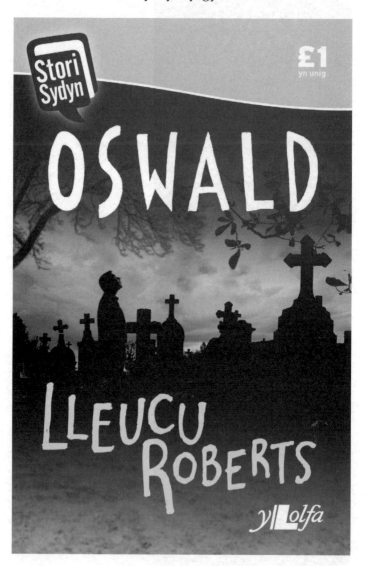

Stori
Sydyn

£1.99

y Lolfa

Stori
Sydyn

£1
yn unig

Phil Stead
ARDYFEIC

yl Lolfa

£1
yn unig

CYMRU
A'R RHYFEL BYD CYNTAF

Gwyn Jenkins
Gareth William Jones

yl olfa

Llongyfarchiadau ar gwblhau un o lyfrau Stori Sydyn 2016

Mae prosiect Stori Sydyn, sy'n cynnwys llyfrau bachog a byr, wedi'i gynllunio er mwyn denu darllenwyr yn ôl i'r arfer o ddarllen, a gwneud hynny er mwynhad. Gobeithiwn, felly, eich bod wedi mwynhau'r llyfr hwn.

Hoffi rhannu?

Gall eich barn chi wneud y prosiect hwn yn well. Nawr eich bod wedi darllen un o lyfrau'r gyfres Stori Sydyn, ewch i www.darllencymru.org.uk i roi eich sylwadau neu defnyddiwch #storisydyn2016 ar Twitter.

Pam dewis y llyfr hwn?
Beth oeddech chi'n ei hoffi am y llyfr?
Beth yw eich barn am y gyfres Stori Sydyn?
Pa Stori Sydyn hoffech chi ei gweld yn y dyfodol?

Beth nesaf?

Nawr eich bod wedi gorffen un llyfr Stori Sydyn – beth am ddarllen un arall? Edrychwch am deitl arall cyfres Stori Sydyn 2016.

Gorau Chwarae Cydchwarae
– Dylan Ebenezer